ラルーナ文庫

JN105154

異世界で
騎士団長に見初められ
聖獣乗りになりました

一文字 鈴

三交社

CONTENTS

Illustration

上條 ロロ

異世界で騎士団長に見初められ聖獣乗りになりました

本作品はフィクションです。
実際の人物・団体・事件などにはいっさい関係ありません。

プロローグ

立花晴斗《たちばなはると》は、友達もいない自分を好きになってくれる人など、現れるわけがないと思っていた。

胸の奥から戸惑いと、疼《うず》くような熱い気持ちが込み上げてくるのを感じ、晴斗は視線を泳がせる。

「大丈夫か、ハルト」

「……平気、です」

デュークに顎《あご》を押さえられ、強制的に目を合わせられた。

「君をくれるんだろう？」

青色の双眸《そうぼう》が細められ、その甘い声音にぞくぞくと背筋が粟立《あわだ》った。

「デュークさん……」

彼の視線から逃れられず、晴斗は吐息のように息をつく。

いつ見ても美しい人だと思いながら、晴斗は熱を帯びた眼差《まなざ》しをデュークへ向ける。

貴族のみが入隊を許されている上級騎士団の団長で大貴族ラルム家の当主、優雅な容姿とは裏腹に、騎士団最強と言われる剣の腕を持つ実力者で、黄金の疾風《はやて》の通り名を持つ。

その上、聖獣乗りとして空獣ノアールを操る彼は、部下や周囲の人々から信頼され慕われている優秀な人物だ。

「君の体、ガチガチに緊張している。もっと力を抜いてくれ」

リラックスさせるように、デュークの熱く大きな手のひらで包み込むように頬《ほお》をゆっくりと撫《な》でられた。彼の手の動きに、これまで知らなかった欲望が芽吹き、晴斗の乳首と性器が一瞬で硬くなってしまう。

「や、あ……あの……僕……僕は……」

「隠さないで、私に全部見せてくれ」

耳元で囁《ささや》かれ、体から力が抜け落ちると同時に、晴斗の唇からため息がこぼれた。

彼の長い指先に、平たい胸の硬く尖《とが》った左右の乳首を強く摘《つま》まれ、引っ張られる。痛みのような甘い刺激が突き上げ、ひくひくと体が震え出した。

「あぅ……っ」

「敏感だな」

デュークの手に撫でるように愛撫《あいぶ》されながら、彼の唇が乳首を含み、舌で弄《もてあそ》ばれる。

甘い刺激が全身に伝わり、太ももの内側が小刻みに揺れて、先走りの雫《しずく》が滴った。

恥ずかしさのあまり身じろぐと、素早く口づけで動きを封じられてしまう。クチュリと淫《みだ》らな水音が聞こえた刹那《せつな》、鼓動が一気に早鐘を打ちつけた。

「あ……っ、デューク……さん……っ」

今までこんな気持ちになったことは一度もない晴斗は、自分の中にこんな感覚が存在することに戸惑いながら、言葉に出せない思いを胸の中でつぶやく。

――愛しています、デュークさん……。

彼と出会う前、晴斗は日本にいた。

ドルフィントレーナーとして水族館で勤務していた日々が、遠い昔のことのように感じられる――。

1

晴斗の幸せの記憶は、いつもそばに海があった。

両親はなだらかに続く海岸線が見渡せる町で、小さなレストランを経営していた。

家には母方の祖母が同居していたが、祖父は一度も会ったことがない。ロシア系の外国人漁師だった祖父は母が生まれる前に海で亡くなり、祖母が看護師をしながら、ひとりで晴斗の母を育てた。

だから祖母は海が好きだった。祖父と会える気がすると言って、よく晴斗を連れて浜辺を散歩した。レストランが休みの日は、父と母も一緒に、家族揃《そろ》って海辺で過ごした。

日差しを反射する眩《まぶ》しい水面《みなも》と、祖母や両親の笑顔に包まれて、晴斗は泳ぐことが大好きになった。

小学校へ通うようになった晴斗は、祖父に似た日本人に見えない顔つきと茶色の髪で目立っていたため、クラスで浮いてしまい、なかなか友達ができなかった。

それでも晴斗は気にしなかった。友達とゲームをするより泳ぐことが好きで寂しくなかったし、暇さえあれば海で泳いでいる晴斗を、両親と祖母が優しく見守ってくれた。

海の中は温かく、浜を見れば祖母か母か父の誰《だれ》かがいて、笑顔で手を振ってくれた。それだけで晴斗は幸せだった。

しかし、晴斗が小学六年生の時……両親と祖母が交通事故で亡くなってしまった。ちょうど晴斗が修学旅行に行っている間で、父が運転する車に母と祖母が乗り、買い物へ出かけた帰り道だった。酒気帯び運転のトラックと正面衝突し、相手は軽傷で済んだのに、運悪く父が運転する車は大破し、両親と祖母は即死した。

涙が涸《か》れるほど泣いた晴斗は、父方の祖父母の家に引き取られ、海のない土地で過ごすことになった。

「――他の孫と違って晴斗は本当に変わっているわね。あまりしゃべらないし、お友達はいるのかしら」

「まったく、可愛《かわい》げがない子だよ。大体、雪乃《ゆきの》さんは未婚で晴斗の母親を生んだそうじゃないか。どんな血を引いているのか」

自分だけでなく、祖母まで否定する言葉を聞き、晴斗はショックを受けた。

侮蔑《ぶべつ》の色を滲《にじ》ませた父方の祖父母を前にすると萎縮《いしゅく》してしまい、何も言えなかった晴斗は、ますます自分の殻に閉じこもるようになった。

学校にも馴染《なじ》めなかった。中学に入ると水泳部で泳いでいる時だけが、生きている自分を感じられた。

水の中でできる仕事をしたいと思った晴斗は、高校を卒業したら両親が残してくれた保険金で専門学校へ進学し、水族館飼育員になりたいと希望するようになったが、祖父母は堅実なサラリーマンの方がいいと反対した。

「水族館ですって？　他の孫たちは大手企業に勤めたりいい大学に入ったりしているのに」

「まったく、どうして晴斗だけこんなに変わっているのだろう」

憤慨する祖父母に、晴斗は初めて反対意見を述べた。

「おじいちゃん、おばあちゃん……ごめんなさい。でも僕、どうしても水族館で働きたいんです……！」

晴斗の気持ちが変わらないことを知ると、祖父母はしぶしぶ認めてくれた。

専門学校を卒業した後、契約社員ではあるが、東京近郊で古くから続いているサンサン水族館へ就職できた。

水族館の中にいる生き物と接していると、かつて祖母や両親と過ごした幸せを感じられた。

晴斗が配属されたのは海獣班だ。

仕事はイルカやアシカ、セイウチなどの飼育を担当し、仕事の基本は三つの「じ」と言われ、餌《えさ》を作る「調餌《ちょうじ》」と餌を与える「給餌《きゅうじ》」それに「掃除」が中心だった。

水族館に勤務し始めて一年が経ったある日——。

「……立花、すぐに調餌に入ってくれ」

「わかりました」

同じ海獣班の中村勝志《なかむらかつし》先輩に言われ、晴斗はウェットスーツの上に汚れ防止の胴長をつけ、冷凍庫から餌のアジとサバを運んできた。調餌室で流水解凍の後、鮮度や全体の傷み具合をチェックしながら、劣化した頭部を包丁で切り落とし、体の部分を給餌バケツへ入れていく。

イルカ一頭につき、一日に七キロから十四キロくらい食べるので調餌だけでも大変な作業だ。トレーニング、給餌、ショー、給餌と毎日給餌で忙しいので、少しでも早く調餌できるように、晴斗はひとり暮らしの家でも魚を買ってきて練習したりした。

その甲斐《かい》あって早く調餌を終えた晴斗は、隣で作業している処理が遅い中村先輩に「お手伝いします」と声をかけた。

中村先輩は晴斗よりひとつ年上の二十三歳で、海獣班内で一番年が近い先輩だ。

しかし、中村先輩のバケツの中のアジに手を伸ばした途端、冷たい声が飛んできた。

「俺の分は自分でするからいいよ。給餌に行ってくれ」

「あ……はい」

遠慮ではないとわかる中村先輩の強い口調に、晴斗はそっと摑《つか》んだアジをバケツに戻した。

「そ、それでは、先に給餌へ行ってきます」

おずおずと自分の分の給餌バケツを持って調餌室を出る。扉のところでふうっとため息をつく間もなく、中から中村先輩と、海獣班のチーフ、前原真美《まえはらまみ》先輩の声が聞こえてきた。

「勝志くん、今の言い方はよくないわ。立花くんが可哀想《かわいそう》じゃないの」

「だってさ、俺、なんか立花見ているとイラつくんですよ。あいつハーフだかクオーターだか知らないけど、ちょっとばかし顔がよくて仕事が速いからって優等生ぶって。気に入らないっすね」

ドクンと晴斗の心臓が音を立てて跳ね上がる。少しの沈黙の後、前原先輩の声が聞こえてきた。

「まあ確かに、立花くんはとっつきにくい感じがするから、勝志くんの気持ちもわかるけど。同じ班だし、仕事中は仲良くしてよ」

——中村先輩も前原先輩も……そんなふうに思っていたの……？

無防備な状態で突然聞こえてきた「気に入らない」や「とっつきにくい」という言葉が、鋭利な刃物のように晴斗の胸の奥に突き刺さり、足元がぐらついて崩れ落ちるような気がした。

晴斗は震える手でバケツを持ち、足早に調餌室から離れる。

——傷つかなくていい。いつものことだから……。

小さな頃から人付き合いが苦手だった。気を遣っても周りから浮いて、疲れてしまう。

そんな晴斗を愛してくれた両親と祖母との思い出だけが、心のよりどころだった。

それでも、この水族館で働き始めて無事に一年が経ち、先輩たちと打ち解けてきていると思っていた矢先だった。

そういえば、この水族館のスタッフは、互いに下の名前で呼び合うことが多いが、晴斗は苗字《みょうじ》の立花と呼ばれている。

「どうして僕は……周りから浮いてしまうんだろう」

輪に馴染めないのは慣れているのに、こうして現実を知るたびに目の奥が熱くなり、傷ついてしまう。そんな弱い自分を叱咤《しった》するように晴斗は唇を噛《か》みしめて首を横に振った。

――気にしない、気にしない。さあ、仕事を頑張ろう……！

調餌中の汚れ防止の胴長を脱いでウェットスーツだけになり、給餌バケツを持ってイルカプールへ近づくと、晴斗の相棒のバンドウイルカのユアンがプールの中から顔を出し、「キュー、キュー」と鳴いた。

朝の日差しを反射する水面が眩しい。ユアンを見ると暗く重い気持ちが霧のように溶けていく。

「おはよう、ユアン」

「キュ！」

プール内にいる濃灰色のユアンのそばに膝《ひざ》をつき、その頭から背中にかけて刻まれた傷跡を辿《たど》るように優しく撫でると「キューキュー」と楽しそうに笑い返してくれた。

「僕にはユアンがいる。大丈夫だ」

自分を鼓舞するようにつぶやき、明るい声を出す。

「さあ、朝ごはんの前に体温チェックだよ、ユアン」

「キュ！」

体温測定機の細長いセンサーをユアンの肛門に挿入して、直腸の温度を測った。イルカは人の体温と同じ三十六度前後の体温をしている。

「今朝《けさ》の体温は三十六度五分か。大丈夫だね」

笑顔を向けたが、ユアンはぼうっと空中を見ていた。いつもと違って覇気がないので心配になる。

「ユアン？　具合が悪いの？　ほら、朝ごはんだよ」

明るく声をかけながら給餌バケツのアジを与えると、ユアンはいつものようにそばに寄り、元気に食べ始めたので安心した。

「美味《おい》しい？」

「キュ、キュ……」

ユアンはかつて、弱って海を漂っていたところを漁船に保護されて、この水族館へ連れてこられたのだと聞いている。海にいる時に負ったのか、ユアンの背中には傷があり、なかなか他の飼育員に慣れなかったそうだ。

しかしユアンは、なぜか新人の晴斗にだけはすぐになついた。その様子を見た海獣班チーフの前原先輩の提案で、ユアンと晴斗がコンビを組むことになり、二か月ほど前からショーにも出るようになった。

「――立花くん、ショーの打合せを始めましょう」

前原先輩の声がプールサイドに響き、晴斗はハッとして立ち上がった。しかし駆け寄ろうとして、先ほど聞いてしまった言葉が胸の奥から迫《せ》り上がり、濡《ぬ》れて滑りやすくなったプールサイドですべって、思い切り尻《しり》もちをついてしまう。

あわてて起き上がると、前原先輩が今日のショーの流れを掲示したタブレットを晴斗に手渡した。

「大丈夫？　午前が立花くんとあたしだから、プログラムを確認してくれる？」

「はい……！」

ドルフィン館で行われるショーは、前原先輩と中村先輩と晴斗の三人で交代しながら担当している。午前と午後の二回行われるので、大体午前が前原先輩と晴斗、午後から前原先輩と中村先輩が担当し、晴斗と中村先輩は出番のない時はＭＣ係をする。

さっき調餌室で聞いたことなどは胸の奥に封印し、先輩たちと一緒にショーを盛り上げていかなくてはいけない。晴斗は意識をプログラムに集中し、タブレットを確認して頭の中に記憶すると前原先輩へ返した。

「確認しました」

「OKね。ふふ……ねえ知っている？　立花くんはお客さんからすごい人気なのよ。イルカに乗った美少年とか、素敵すぎるトレーナーとか、書き込みが水族館のブログにたくさん届いているの。立花くんって本当にきれいだもの。彫りが深くて色白で、肌だってつるつるだし、うらやましいわ」

「僕はそんな……」

戸惑うように瞳《ひとみ》を揺らしてうつむく晴斗の肩を、前原先輩がポンと叩《たた》いた。

「若い女の子のファンが増えているし、ショーの楽しさをたくさんの人に伝えられるように頑張ろうね」

「……はい」

ふいに、イルカのプールから前原先輩のパートナー、バンドウイルカのネローがジャンプして、バシャンッと大きな音を立てて背中から豪快に着水した。晴斗と前原先輩はずぶ濡れになってしまった。

「もう、ネローったら」

「キューキュー」

ネローが笑い声を上げて遊ぼうというようにプールの中を泳いでいる。晴斗も表情をほころばせる。イルカはいたずら好きで、ショーをしている時もほとんど遊んでいるという感覚で楽しんでいるのだ。晴斗はそんなイルカたちが大好きだった。

ショーの準備をしていると、軽快な音楽とともにアナウンスが流れ始めた。

『サンサン水族館で一番人気のイルカショーがもうすぐ始まります。どうぞドルフィン館へお集まりください』

晴斗は前原先輩とともに、海面が煌《きら》めいている大きな野外プールの横にスタンバイした。揃いの黄色と紺色のウェットスーツはオーダーメイドで、潜水作業やショーの出演などの時、トレーナーは全員これを着ている。

「あと十分でショーが始まるわよ」

二人で使用する道具を確認していく。晴斗は小さく息をついた。大勢のお客さんを前にすると、まだショーに出て二か月の晴斗は緊張して手に汗が滲んでしまう。そのことに気づいた前原先輩がにっこり笑った。

「晴斗くん、大丈夫よ、今日もいつもの調子で……！　そうそう、今日はあたしの彼氏、仕事休みなの。見に来てくれているはずなのよ」

前原先輩は視線を観客席の方へ向けると、「いたわ」とつぶやいて小さく手を振った。

メインプールが大きいのでここから観客席は遠いのに、彼氏の居場所はすぐにわかったようだ。すごいな、と晴斗はうらやましく思う。

「仲がいいんですね」

「ふふふ、あたしと彼、付き合ってまだひと月だけどラブラブなの。一目惚《ひとめぼ》れだったのよ」

「一目惚れですか……？」

晴斗は一目見ただけで好きになる感覚がどんなものかわからない。

「立花くんは一目惚れの経験、ないの？　直観というか、パッと目が合った瞬間に火を点《つ》けられたように全身が熱くなって、その人のことしか視界に入らなくなってしまうの。それで思い切ってあたしから声をかけて、付き合うようになったのよ」

恥ずかしそうに手で頬を押さえる前原先輩が、「そういえば」と晴斗を見つめて尋ねた。

「立花くんの彼女は？」

「いいえ……恋人はいませんので」

「え、いないの？　美形なのにもったいない！　でも、いつも一緒にいたいとか、無意識のうちに相手のことを考えているとか、そんな甘酸っぱい恋の経験はあるでしょう？」

明るく問う前原先輩に、晴斗は正直に首を左右に振った。

「あまり……ないですね」

「ええっ、そうなんだ」

「はい……」

スマートな返事ができない晴斗は、目を丸くしている前原先輩を前にもごもごと口ごもってしまい、会話が途切れてしまう。

人付き合いが苦手で恋人どころか友達もいない。もとより、両親と祖母が亡くなった後、ずっと自分はひとりだった。ちゃんとした恋愛ができる自信もないし、一生ひとりで生きていかなければならないような、そんな予感が晴斗の心の奥底に暗く残っている。

「ねえ、立花くんのご家族は見に来たりしないの？」

「……あ、はい……」

父方の祖父母は一度も見に来てくれたことがない。長女一家が祖父母と同居するようになって出ていくように言われ、晴斗は追い出されるようにして水族館近くのアパートでひとり暮らしを始めたのだ。

じきに曲が変わって、音響室のガラス越しにこちらの様子を見ている中村先輩の声がスピーカーから流れ出す。

『ようこそサンサン水族館のドルフィン館へ！　さあ、イルカショーが始まります。担当するのはこの二人——前原トレーナーと立花トレーナーです。どうぞ！』

晴斗は深呼吸して背筋を伸ばし、気合の入った表情で前原先輩と野外ステージの中央へ出ていく。一斉に観客席から拍手が起こった。

目を輝かせてこちらを見ている観客たちに両手を上げて応《こた》えながら、メインプールの中のネローとユアンへ水中でも聞こえる専用の笛を吹いて合図を送る。

イルカの演技にはそれぞれハンドサインがある。まずは単独で泳ぐようにサインを出すと、ネローに続いてユアンもいつものようにプールの中を元気よく泳いで観客に尾ビレを振ってアピールする。

その次はボールを投げてキャッチボールだ。晴斗とユアン、前原先輩とネローがそれぞれ息の合った投げ合いをすると会場がわっと沸いた。

そして次は一回目のイルカだけのジャンプだ。ネローが前原先輩の合図でジャンプすると、大きな水しぶきと歓声に包まれ着水した。そして次はユアンだ。

「飛べ、ユアン」

ジャンプのサインを出すと、ユアンが水面下に深く沈み込む。

晴斗は時間をカウントしながら、プールサイドを注意深く見つめた。

——よし、いいタイミングだ。

水面の中から黒い影が近づき、水しぶきを上げてユアンがスピンしながら空中へ飛び出してきて日差しを浴びて高くジャンプした。

ここからがユアン独特のジャンプで、着水と同時に水しぶきを飛ばした後、再び水の中へ潜る。深く泳ぎながら間髪を入れずにスピンし、ユアンが連続して空中へ飛んだ。

スタンドから「わあぁっ」と歓声が上がり、晴斗はユアンに褒美のアジを与える。その時、異変に気づいた。ユアンが晴斗を見つめてじっとしている。そのつぶらな瞳が何か言いたそうで、晴斗は小首を傾《かし》げた。

「ユアン？　ネローの演技の後、今度は僕を乗せてジャンプだよ。いいかい？」

プールの中に入った晴斗がユアンの背に手を当てると、頭の中に聞いたことのない高い声が響いた。

──ハルト、助ケテ……。

晴斗は目を瞠《みは》った。その声は触れているユアンの体から振動して伝わってくる。こちらをじっと見つめているユアンの黒色のつぶらな瞳に、思わず喉《のど》がこくりと鳴った。

「まさか……ユアンの声なの？　しゃべれるの？」

一年もの間ユアンと一緒に過ごしたが、声を聞いたのは初めてだ。言葉を話せるなんてと驚愕《きょうがく》していると、また頭の中へ声が響いた。

──オネガイ、トミーガ危ナイ……。

「トミー？　観客に誰かいるの？」

観客席を見渡してみるが、大勢の人々の中に外人の子供がいるかどうか、よくわからない。

──ボクニ乗ッテ。スグニ、オネガイ……。

「乗るのはもうちょっと待って。次はネローと前原先輩の演技で、ユアンと僕はその後だからね」

背中を撫でながら小声でユアンに話しかけると、脳内でユアンの声が大きく響いた。

——急イデ、ハルト！　早ク乗ッテ！

キンキンとした声に驚き、晴斗は思わずユアンの体から手を離してこめかみを押さえた。

「なんて声を出すの、ユアン……頭に響いたよ」

その必死さに負けて、晴斗は「わかった」とつぶやくと、ユアンとのジャンプを先に入れるように、前原先輩に身振り手振りで伝えた。

「ＯＫ、先に立花くんのジャンプね。頑張って」

笑顔で頷《うなず》き、口ぱくでそう伝えてくれた前原先輩にほっとしながら、音響室の中村先輩にも、先に自分が飛ぶからと合図を送る。

彼は渋面になったが、しぶしぶという感じで顔の横に丸を作ってくれた。

『——さあ、次は立花トレーナーとユアンが一緒にジャンプします』

中村先輩のアナウンスで曲調が変わった。晴斗がユアンにハンドサインを出す。

「よし、僕とユアンのジャンプだ。行こう」

——ハルト……トミーヲ助ケテ……。

「ん、よくわからないけど、ほら、加速して。ジャンプするよ」

ユアンの背に乗り、水しぶきを上げて加速すると、観客がその速さに沸いた。

何度も練習したメインのジャンプだ。晴斗はユアンと呼吸を合わせる。

「一、二の三！」

スピンしながらユアンが飛び上がると、晴斗は両手を上げて空中で一回転する。

「わぁぁぁ、すごい……！」

高いジャンプにお客さんから大歓声と拍手が起こった。刹那、頭の中にユアンの声が響いた。

――ハルト、トミーヲ……助ケテ……君ハ、別ノ世界デ………。

「ユ、ユアン？　え、なに？」

ユアンの声が遠ざかり、聞こえなくなった。

次の瞬間、空中で一回転してプールへ飛び込もうとした晴斗の視界に青空が飛び込んでくる。空間がグニャリと捻《ね》じ曲がり、目を見開いた。

「あ……、な、なに……？」

晴斗の体がそのねじれた時空の渦に吸い込まれるように飲み込まれてしまう。

観客の大きな歓声が遠のいて、一瞬だけ、視界の端で心配そうにこちらを見つめているユアンが見えた。

――ハルト、大好キ。オネガイ……。

「ユアン……！　ま、待って、どうなっているの？　うわ、真っ暗！　ここは……っ」

体が何かに引っ張られる。じきに世界が暗転し、晴斗は漆黒の中でそのまま意識を手放した。

2

鳥の鳴き声が聞こえ、晴斗は「ん……」と呻《うめ》くように声を上げ、ゆっくりと瞼《まぶた》を開いた。青空が見える。眩しい日差しに手をかざしながら、確かショーの途中で意識を失ってしまったのだと記憶を辿り、上半身を起こして唖然《あぜん》となった。

「えっ……ここは？」

自分はショーが行われているプールサイドにいるものと思っていた晴斗は、茶色の双眸を限界まで見開いて、目の前に広がる景色を見つめた。

なだらかな草原が続き、針葉樹の森が遠くへ見える。ビルも電柱も看板もない。舗装されてない道路が山の麓《ふもと》へ蛇行しながら続いている。

まだ寝ているのだろうか。夢の中のような気がしないでもない。

「ここはどこだろう……なぜ僕はこんな田舎へ……信じられない」

いや、信じられないと言って、呆然《ぼうぜん》となっている場合ではなかった。晴斗は水族館の仕事を思い出し、ハッと我に返った。体を両手で触ってみるとウェットスーツは乾いていて、どこも怪我《けが》をしていないようでほっとする。

「早く戻らないと。ショーはどうなっただろう。午後からの公演に間に合うかな」

あわてて周囲を見渡しバス停を探すが、草原しか見えない。

ここは一体どこなんだろう。東京から遠いのだろうか。晴斗は焦燥に駆られて大きな声を出す。

「おーい、誰かー、ここはどこですかー」

耳をすませるが、さわさわと周囲の木々を揺らしながら風が吹き抜けるだけで返事はない。それに先ほどから人の姿も見えない。

「誰か――！　おーい！　……あっ」

草原の向こうの道から砂埃《すなぼこり》が上がっている。近づいてきたのはゴトゴトと音をさせる黒色の馬車で、引いているのは栗毛の馬だ。

「なに、あれ……馬車？」

瞠目《どうもく》している間に、馬車は草原の中の道をどんどん進んでいく。前部に乗って馬を操っている御者は黒色の帽子をかぶり、異国風の上下が繋《つな》がった青色の服を着ている。髪の色は銀色だ。

「……人がいる。あの人に訊《き》こう」

晴斗が「すみませーん」と大きな声を出して駆け寄ると、馬車が停《と》まった。御者は外国人風の顔をした中年男性で、彼は晴斗を見ると目を丸くした。

「○§▼±○±――！」

男が晴斗の方を見て何か叫んでいるが、何を言っているのかまったくわからない。

「えっ？　あの……？　すみません。ここはどこでしょうか。あ、英語で言わないと……えっとエクスキューズミー、フェアー・アム・アイ？　これでいいのかな」

近づきながら話しかけると、御者が顔を強張《こわば》らせて馬車から飛び降りた。ものすごい剣幕だ。

「ぼ、僕は怪しい者ではありません。ドゥーノット・アフレイド、アイム……」

「――Ψδ○§▼±○§▼±！」

「え……これって何語？　全然わからない……」

怒ったように叫ぶ御者にこれ以上近づくことができず、晴斗は足を止めて戸惑う。

そういえば、晴斗はウェットスーツのままだ。確かにこれでは怪しいと思われても仕方がない。

「あの、これは水着なんです。ズィスイズ、スイムウェア、ＯＫ？」

「§▼±！　○§▼！」

何か叫びながら、業者が懐から香炉のようなものを取り出した。石を打ちつけて火を点けると、草の根のようなものを入れる。それらはものすごい早業で、晴斗は唖然と見つめることしかできなかった。

じきに香炉から青紫色の煙が音もなく上がり、ゆらゆらと揺らめきながら勢いよく昇っていく。

「±◯§▼Ψ！」

煙が出ている香炉を地面に置くと、御者は逃げるように馬車に乗った。

「ま、待ってください。ここは一体……」

砂埃を上げて馬車が遠ざかり、晴斗は怪し気な青紫の煙が出ている香炉とともにぽつりとその場に残された。

「……ごほっ、ごほっ、なんだろう、この煙……それに馬車って……？」

口を塞《ふさ》いで青紫色の煙が漂う香炉から離れると、晴斗の頭の中に直接話しかけるように、どこからともなく声が響いた。

――ハルト……川へ急イデ。

「その声は、ユアン⁉　ユアンなの……？　君は大丈夫だった？　今どこにいるの？」

ジャンプの途中で何かが起こったので、ユアンがどうなったか心配だった。

――ボクハ大丈夫。ハルトハ今、異世界ニイル……。

「ユアンが無事でよかった……えっ、ここが異世界？」

――ソウ、急イデ、ハルト。

「ねえ教えてユアン！　どうやったら帰れるの？　僕、仕事が……」

——オネガイ、トミーヲ助ケテ。リツィ川へ急イデ……。

「トミーって？　リツィ川ってどこ？　こっちの人と言葉が通じないんだ。わけがわからないよ……」

——言葉ハ、リツィ川ノ清水ヲ飲ンデ……ワカルヨウニ……ナル、ハズ……。

「声が小さくなったよ、ユアン？　待ってよ」

——リツィ……ヘ……急……デ、トミー……テ……。

ユアンの声が遠ざかり、じきに聞こえなくなると、晴斗は不安で泣きそうになった。落ち着けと自分に言い聞かせて深呼吸し、ユアンの言葉を思い出す。

「確かリツィ……川へ急いでって。そこで清水を飲むと、言葉がわかるようになるって……えっと川……」

目を凝らして周囲を確認すると、なだらかな草原を越えたところへ大きな川が見えた。

「あった、川だ……！　あれがリツィ川？」

晴斗はそちらへ向かって走り出す。大きな岩と低木を抜け、舗装されていない道は走り慣れていないので何度も転びそうになりながら川まで駆けた。岸に沿って立つと川幅が広く、深緑色の川はかなり深そうだ。

「こ、これがユアンが言ってた川なの……？　あ、岩から水が」

川の近くに大きな岩が重なっていて、その間から澄んで透明な液体が湧《わ》き出ている。

「これが清水？　飲んでも大丈夫かな……」

　喉が渇いていたこともあり、両手ですくってこくりと飲んだ。

「……あ、美味しい」

　冷たい湧き水が喉にしみ、もうひと口飲んでふぅと息を吐く。これを飲むと言葉が理解できるとユアンが言っていたが、頭が少しすっきりした気がするものの、特に体に大きな変化はなかった。

「……てぇ……」

「え？」

　遠くで何か声が聞こえた気がして川へ近づくと、何かが流れてくるような音が近づいてくる。

「……た……えっ」

「人の声？」

　川の上流を凝視していると、小舟が勢いよく下ってきた。その中に三歳くらいの子供がひとりで乗っていることに気づいて晴斗は息を呑《の》む。

　小さな子供が小舟の縁に摑まり、懸命に声を上げている。金髪の子供だ。

「たしゅけてぇぇぇ！」

　——言葉がわかる。

先ほど湧き水を飲んだ影響だろうか、子供の言葉が聞き取れた。同時に今の状況を理解し、晴斗は顔が強張るのを感じた。

「そのままじっとしてて！　すぐに助けるよ！」

かなりの急流なので、今にも小舟がひっくり返りそうだ。ウェットスーツの晴斗はすぐに川の中へ水しぶきを上げて飛び込んだ。

「くっ」

水温は低くないが思ったより深く、流れが速くて体が持っていかれそうになる。泳ぎには自信があるが、川の激流が見た目よりも大きくて、強い水流に体を押されてひやりとする。流されていく小舟の方へと、方向を変えて懸命に泳いだ。

立ち泳ぎで押し流されながらも小舟に近づくと、子供が気づいて声を上げた。

「お兄たん、たしゅけてっ」

こぼれ落ちそうに大きく目を見開いている小さな子供へ晴斗は両手を伸ばした。

「僕に摑まって！」

「あいっ」

晴斗の言葉も彼に伝わるようだ。小さな両手をこちらへ懸命に伸ばし、小舟から身を乗り出した。子供を胸に強く抱き留めると、数秒後、轟音《ごうおん》とともに流れが速くなり、小舟が岩にぶつかってひっくり返った。

「危なかった……」

助けるのが少しでも遅ければ、この子供は水中に投げ出されていただろう。

よほど怖かったのか、子供の小さな体がぷるぷると震えている。晴斗はぎゅっと両手で子供の体を抱きしめ、慎重に岸へと泳いだ。

川からよじ登ると、がくがくする膝を叱咤しながら立ち上がり、草地へ子供を下ろす。

「もう大丈夫だよ」

晴斗の声に子供がおずおずと顔を上げた。日差しが反射する金髪と、緑色の澄んだ瞳をした可愛い男の子だ。

白色のシャツに藍《あい》色のサロペットという異国風の服装はどこか高級な雰囲気だが、ずぶ濡れになっている。

「冷たくない？　怪我は？」

「……」

見たところ子供は怪我もないようでほっとする。髪にも水がかかっているが、日差しが強くからりとしているのですぐに乾くだろう。

「お、お兄たん……」

じっと晴斗を見上げている子供の緑色の瞳が潤んで、涙がぽろりとこぼれ落ちた。

「こ、こわかった……うわぁぁん……、あぁぁぁん……っ」

「怖かったね。無事でよかった」

ぽろぽろと大粒の涙が子供のぷっくりとした頬を伝い落ちる。泣きじゃくる子供を優しく抱き上げると、晴斗の胸に濡れた頬を押し当てて、しがみついてきた。

「びっくりちた……っ、ふねが……みじゅが……っ」

晴斗は子供を落ち着かせようと、小さな背中をさすった。

「大丈夫だよ」

ぐしゅぐしゅとしゃくり上げている子供を抱きしめて、晴斗はすっと息を吸った。

「お兄ちゃんが歌うから、泣き止《や》んで」

晴斗は子供をあやすように、耳元で歌い始める。

「タンタンタンー、泣き虫弱虫、よっといで。ここはサンサン水族館、みんなのサンサン水族館ー、元気を出して、みんなよっとで……」

サンサン水族館のテーマソングだ。毎日聞いているが、元気が出る感じで晴斗は好きだった。

「はう……」

晴斗の歌声に目を丸くして泣き止んだ。

「よかった。落ち着いてきたみたいだね。さあ服を乾かそう。ここへ座って」

「あい」

晴斗は河川敷の草むらに腰を下ろした。ふわりと優しい風が吹き抜け、子供が隣にちょこんと座る。日差しがぽかぽかして気温が高いので、早く服が乾きそうだ。

子供がころんと草の上に横になった。

「きもちいいね、お兄たん」

「そうだね」

「あ……ボク……パパにおこられる」

父親のことを思い出した子供が、ぱっと起き上がり、小さな肩を落とした。

「どうして？」

「おとこは、なかないって……」

「そっか。僕も同じことを言われたことがあるよ」

父方の祖父から男らしくしなさいと言われ続けた自分と目の前の子供が重なり、晴斗は小さく微笑《ほほえ》んだ。

「でもね、泣くことで気持ちが落ち着くこともあるんだよ。だから、男だって泣いていいと僕は思うんだ」

「お兄たん、しゅき！」

ぎゅっと抱きつかれて、可愛いさに晴斗は目を細めた。

晴斗のウェットスーツは、速乾性があるのでもう乾いているが、この子はどうだろう。

「日差しが眩しいくらい照っているし、気持ちのいい風が吹いているから、もう服は乾き始めているね。冷たくない？」

「うん、だいどーぶよ、お兄たん」

「僕は晴斗だよ。えっと、ハルト・タチバナ。ぼうやの名前は？」

優しく頭に手を置いて名乗ると、彼は顔を上げてにっこり笑った。

「ハルトにーたん、ボクはトミーよ」

ひとりっ子の晴斗は、ハルトにーたんと呼ばれるのは初めてだ。くすぐったさと嬉《うれ》しさで、晴斗は小さく笑って頰を搔《か》いた。

「よろしく、トミー……あれ？　ちょっと待って、トミーってどこかで……あっ！」

思わず大きな声が出てしまった。トミーが目を丸くしている。

「どうちたの？」

「そうだ、ユアンが言っていた……！　トミーを助けてって。そうか、君のことだったのか」

どうやって異世界のトミーが小舟で流されていることに気づいたのかわからないが、ユアンはきっとこの子を助けてほしくて、晴斗をここへ送ったのだろう。

「トミーはユアンを知っている？　僕とコンビを組んでいる雄のバンドウイルカなんだ」

「ゆあん……？」

「イルカだよ。トミーのことを知っているみたいだったから」

「ボク、ちらない」

小さな頭が左右に揺れる。

「そう、知らないのか……」

「うん」

確かに、トミーを助けてとユアンは言っていたし、トミーは危険な状態だった。この子を助けてという意味で間違いないように思うが、まだ小さいからわからないのかもしれない。

「トミーはいくつなの？」

尋ねるとトミーは小さな胸を張って答える。

「しゃんたいでつ」

「三歳か。おりこうさんだね。トミーのおうちはどの辺？」

「あっちのほう」

小さな手で指差した方向は家の屋根らしきものが点在しているが、聳《そび》える山に隠れてよく見えない。

「トミーのご家族は？」

「パパいる！　大しゅき」

トミーがにっこり笑った。怒られると心配していたが、大好きと言うところを見ると、厳しいだけの父親ではないようで、よかったと安堵《あんど》する。

「それからロレンツにーたんも、マーサたちも大しゅき」

笑顔で話す可愛いトミーの声に、晴斗は頬を緩めて頷く。

「そろそろ服も乾いてきたね。これから僕が家まで送って……」

家までトミーを送っていくと言いかけた時だった。

上空から「グアァァァ――ッ」と禍々《まがまが》しい鳴き声が響き渡り、晴斗は頭上を見上げ、びくっと肩を揺らした。

「変な声が……あっ、大きな鳥……！」

信じられないくらい大きな鳥が大空を飛んでいた。

「あー、ノアールー」

唖然となっている晴斗のそばで、トミーが無邪気に大鳥に手を振っている。

それに気づいたのか、鳥がこちらへ向かって急下降してきた。ものすごいスピードで逃げる間もない。

「うわ、こっちへ来る……！　トミー、手を振っちゃだめだ。じっとして」

咄嗟《とっさ》にトミーを抱きしめる。砂埃を上げながら大きな鳥が河川敷に着地した。

「ひ……っ」

近くで見ると鳥はさらに大きく衝撃的だった。全身を白銀色の艶《つや》やかな毛で覆われ、大きな翼をばさりと羽ばたかせている。

嘴《くちばし》がなく口には牙《きば》が見える。小学生の頃、図鑑で見た恐竜時代の鳥によく似た牙を持つ大鳥と対峙《たいじ》していることが信じられず、晴斗は固まった。

大鳥が鋭い牙を剝《む》き、「グアアアッ」と鳴くと、振動がびりびりと体に突き刺さり、晴斗の背中を汗が伝い落ちた。

——どうしよう！　いざとなったらトミーを抱いて川へ飛び込む？

流れが急だが、自分がしっかり抱いていれば川の中でも大丈夫だと思う。怖気《おじけ》づきながら凝視していると、逆光でよく見えなかったが、大鳥の背中に人が乗っていて、結構な高さがあるにもかかわらず、ひらりと飛び降りた。

それを見て、トミーが大きな声を出した。

「パパ！」

「えっ、パ、パパ？　なんで鳥に乗っているの？　あ、待って、トミー！」

引き留める間もなく、トミーが父親と大鳥の方へ元気よく駆け出した。

「トミー、無事か！」

「パパ!!」

大鳥から飛び降りたトミーの父親は見上げるほど長身だ。

——あの人がトミーのパパ……？

日差しを浴びて煌めく金色の髪が眩しく、端整な顔立ちは今まで晴斗が見たこともないほど美麗で、外国人モデルのような均整の取れた八頭身と華やかな容貌《ようぼう》に目が釘付《くぎづ》けになった。澄んだ青色の双眸はサファイアのように輝くアイスブルーで、銀糸の刺繍《ししゅう》が肩と胸と袖に施された凜々《りり》しい黒色の詰襟服を着て、腰に長剣を挿している。

足元は拍車のついた漆黒のブーツで、孤高の戦士のような凜《りん》とした雰囲気を纏《まと》った、精《せい》悍《かん》で男らしい彼にトクトクと鼓動が跳ね、晴斗は薄く口を開けて見惚《みと》れていた。

トミーが可愛い顔をしているのは、この美麗な父親の遺伝だろう。

彼はトミーを強く搔き抱いているが、この美形親子がいるだけで、何もない田舎の景色までもが、幻想的な絵画の世界にいるように見える。思わず晴斗は感嘆のため息をついていた。

美形の父親がトミーの頭に手を置き、声を低くした。

「どういうことだトミー、何があった？」

「ボク……」

もじもじしながら、トミーが話した。

「ボク、ヤークと川で、あそんでた……」

「トミー、川で遊んではいけないと何度言えばわかるんだ？　マーサには言ったのか？」

「こっしょり、でてきたの」

「――それで？」

「こぶねがあったから、のったの」

「トミー!!」

美形の父親の怒気を含んだ声が響いた。整った顔立ちが強張り、見ている晴斗もこくりと喉を鳴らす。トミーも大きな目を見開いて、怯《おび》えるように父親を見上げ、小さな唇をきゅっと引き結んだ。

「約束をふたつも破っている！　ひとつは家政婦のマーサに行先を告げずにひとりで家を出たことだ。それから川に近づかないと約束していたのに、それも破った。川には水獣バールがいる。わかっているのか、トミー！」

「ご、ごめんなたい、パパ……！」

ぷるぷると肩を震わせるトミーを見て、晴斗は思わず声をかけた。

「あの、すみません……トミーは反省していますので、あんまり強く叱《しか》らないでやってくれますか」

「――君は？」

父親の青色の双眸が晴斗を見つめ、形の良い眉根《まゆね》が寄った。

「あ……あの、僕は……トミーの……その……」

間近で見ると迫力すら感じる完璧《かんぺき》な美貌《びぼう》に言い淀《よど》む晴斗の、くるぶしまである水着を睨《にら》むようにして、彼が低い声音で尋ねてきた。

「珍しい服だ。君はこの国の人間か？　それとも他国の者なのか」

「えっと、僕はこの国の者ではないんです。それからこれは水着なんです。水族館の海獣班のスタッフ用のウェットスーツで」

「すいぞくかん……？　何のことだ？」

「ぼ、僕の職場です。僕は水族館でドルフィントレーナーを……」

「グアァァァッ」

大鳥が突然、晴斗の方を向いて威嚇《いかく》するように声を上げたので、びくっと晴斗の肩が波打つ。

鋭い牙に思わず後じさりする晴斗の横から、「ノアール、落ち着け」と美形の父親が声をかけた。

言葉を理解したように、ノアールという大鳥が晴斗を威嚇するのをやめたので、ほっとする。

トミーが晴斗の脚にしがみつくようにして大きな声で言った。

「ハルトにーたん、たしゅけてくれたの！」

「助けた？　彼が？」

つぶやいた美形の彼に、トミーが笑顔でこくこくと頷いて、小さな体を動かし、身振りで泳ぎを表現する。

「こうやって、たしゅけてくれたの。こぶね、ぶくぶくって」

驚いた表情になった美形の父親が、口元を手で覆った。

「そうか……」

彼は晴斗の前でいきなり片膝をついた。

「えっ、あの……？」

「息子を救ってくれて、ありがとう――。私はデューク・ラルム。トミーの父親です」

慇懃《いんぎん》な態度に晴斗は瞠目する。顔立ちが整いすぎているため、どこか冷たい雰囲気が感じられる彼だが、怪しい服装をした年下の自分に、こんなに丁重に跪《ひざまず》いてまで礼を告げてくれるなんて。

コトリと心臓が跳ね、指先がぴくっと震えた。

――どうしたんだろう。僕……。

鼓動がドクドクと速まり、周囲から音が遠ざかって、目の前の金髪の彼しか視界に入らなくなってしまう。こんなことは初めてだった。

「えっと、デューク、さん……、そんな、いいので……た、立ち上がってください」

晴斗が声をかけ、静かにトミーの父親……デュークが立ち上がった直後、砂埃とともに馬の蹄《ひづめ》の音が聞こえてきた。

「――デューク団長！　救助依頼の狼煙《のろし》が！」

馬に乗った男たち五名ほどが、こちらへ駆けてきた。彼らは低木のそばで止まって馬を繋ぐと、デュークの前に並んで敬礼した。その中のひとりが声を張る。

「報告いたします、デューク団長、これより少し先の道端で香炉が置かれていました……！　もしや、その男が関与しているのでは……？」

濃紺の詰襟服を着て腰に長剣を挿した物々しい大柄な男たちが一斉に、デュークのそばに立ち尽くしている晴斗を見つめた。その強い視線に、晴斗は青ざめた。

男のひとりが晴斗に詰問する。

「我々はフィアル王国の上級騎士団員で、デューク様の部下だ。お前は何者だ！」

「ぼ、僕は、あの……」

「おい、あの服装はズローベルト国の軍服に似てないか？」

晴斗のウェットスーツを見てひとりが叫ぶと、他の四人も渋面で頷いた。

「そうだ、こいつは敵国の間諜《かんちょう》だ。捕縛して本部へ送り、取り調べを……」

「待て！」

デュークが一喝すると、騎士団員たちはハッと口をつぐんだ。

「この者は奇抜な服装をしているが、息子を助けてくれた恩人だ」

「し、しかしデューク団長、怪しい男です。取り調べた方が……」

「ハルトにーたん、あやしい、ちわう」

大きな声を出したのはトミーだ。騎士団員たちの間をするりとくぐり抜けて、晴斗の方へ駆け寄ると、小さな足を踏ん張って晴斗の前で両手を広げた。

「ハルトにーたん、わるいこと、してないっ」

晴斗を守ろうとしてくれているトミーの姿に、胸がじわりと熱くなる。

「そ、それは誠でございますか」

団員たちが困惑した表情を浮かべ、晴斗の方を見ている。

「しかし、青紫の狼煙が上がりましたが」

「ハルトにーたんは……」

「わかっている、トミー」

ポンとトミーの頭を撫で、デュークが晴斗の方を向いた。

「君はハルトというのか？」

「は、はい。僕はハルト・タチバナです」

「ハルト、青紫色の狼煙は騎士団へ救助を求める合図だ。私は息子がいなくなったと連絡を受け、空中から探していて狼煙に気づいた。部下たちは見張り塔から狼煙に気づき、駆けつけたようだ。そうだな？」

デュークが穏やかに問うと、騎士団員の男たちも落ち着きを取り戻し、「はっ、そうであります」と首肯した。

「あの狼煙が……」

晴斗を見て驚いた馬車の御者が、怯えて救助の狼煙を焚《た》き、そのまま逃げてしまったようだ。

騎士団員の中で、一番太った男が、訝《いぶか》しそうな視線を晴斗へ向けて尋ねた。

「おい、お前、その香炉を使った人に危害を加えたりしていないんだろうな?」

「僕は何もしていません。たぶん僕の服装を見て驚いたんだと……」

「本当だろうな」

「はい、僕は……あっ」

言いかけた晴斗が気配を感じた。

――後ろから、何か来る!

勢いよく振り返り、川を凝視する。

「おい、どうした? まだ話は……」

「し、静かに!」

晴斗が鋭く言うと、騎士団員たちはきょとんと顔を見合わせた。その直後――。

川面に黒い影が現れ、団員たちの顔が一気に強張った。ざばっと大きな水しぶきを上げて、竜のような巨大な生き物が水中から顔を出したのだ。

「す、水獣バールだ！　うわあああぁぁぁっ」

騎士団員たちの悲鳴が耳朶《じだ》を打ち、晴斗はその巨大な獣に目を見開いた。

全身を藍色の鱗《うろこ》に覆われた巨大な獣が、体をうねらせながらこちらへ泳いでくる。ものすごく速い。あっという間に岸に着くと、鋭い爪《つめ》が生えた強靭《きょうじん》な足で地上に這《は》い上がってきた。

四つん這いで鱗に覆われた巨軀《きょく》を左右に揺らしながら、草むらを移動している。

「水獣……？　……水中だけじゃなく、陸地も走れるの？」

「ガアァッ、ガアァッ」

禍々しい唸《うな》り声に足が震えて、逃げないとダメなのに、化け物を唖然と見つめることしかできない。

「ハルトにーたん！　にげてっ」

トミーの必死な声が届き、騎士団員からも声がかかる。

「おい、お前、何を突っ立っているんだ！　早く逃げないと！」

だが足が動かない。草を掻き分け、巨大な獣が近づいてくる。

やられると思って、思わずぎゅっと目を閉じた瞬間、ぐっと腕を引っ張られ、逞《たくま》しい温《ぬく》もりに包まれた。

「――目を閉じるな、ハルト」

デュークがそばに立って、動けない晴斗の肩を抱き寄せ、右手で長剣を抜いている。

「ハルトにーたん……っ」

晴斗を心配したトミーが、こちらへタタタッと駆け寄ってくる。

「トミー、来るな！　じっとしていろ！」

デュークの声が響く。しかし、水獣バールがトミーへと方向を変えた。四足歩行のスピードを速め、トミーへ近づいていく。

「トミー！」

デュークが叫び、晴斗の体を離すと地面を蹴《け》って走った。長剣を振り下ろす寸前、水獣バールは「ガアァァッツ」と唸り声を響かせて反転し、瞬《まばた》く間もなく前脚でトミーの小さな体を掴んでしまう。

「わぁぁんっ、パパー」

「トミーを放せ！」

水獣バールの巨大な尻尾《しっぽ》がデュークに向かって振り下ろされた。それをかわしたデュークが剣を振り上げた刹那、主《あるじ》の危機を察した空獣ノアールが「グアアァァァッ」と叫んだ。翼を広げて空に舞い上がり、水獣バールへ襲いかかる。

「ガアアァァァッ」

「うわっ、聖獣同士の戦いだ！」

驚愕した騎士団員の叫び声が周囲に響く。

空中から急降下し、攻撃してくる空獣ノアールを、水獣バールが鋭い前脚で蹴散らしている。

巨軀同士が牙を剝いてぶつかり合うその異様な光景に、晴斗は戦慄《せんりつ》した。周囲の騎士団員たちもただ啞然と見つめている。

「ガアーーッ、ガッ、ガッ」

陸では敵《かな》わないと踏んだのか、水獣バールがトミーを摑んだまま素早く身を翻し、草むらを突進した。ドボンッと大きな音がして水しぶきが周囲に飛び散る。

「トミー!!」

長剣を投げ捨て、拍車のブーツと詰襟服を素早く脱ぎ捨てたデュークが、上着とズボンだけになって川に飛び込むのを見て、晴斗は我に返った。

「デュークさんっ、着衣のままで泳ぐと危険です……！」

しかも、デュークが着ていたのは鎖を編んで作られたチェインメイルの上着で、見るからに重そうだった。それでも彼は構わずバールを追って川の中を泳いでいる。

「デュークさん……！　トミー……！」

晴斗は思い出す。イルカを初めて間近で見た時の衝撃は大きかった。水獣バールはそのイルカの何倍も大きい、あんな大きな生き物を見たのは初めてで、正直に言うとものすごく恐ろしい。だが……何よりトミーとデュークを助けるのが優先される。

水獣バールを見た時は驚愕して動けなくなったが、水の中なら大丈夫だ。晴斗は海のそばで育ち、ドルフィントレーナーとして毎日水の中で過ごしてきたのだから。

――トミー、デュークさん、待っていて。

晴斗は大きく息を吸って空気を肺に溜《た》めると、地面を蹴り、素早く川へ身を投げた。

為《な》す術《すべ》がなく、日差しに反射する水面を見つめていた周囲の騎士団員たちが驚いて声を上げる。

「と、飛び込んだ!? おい、お前! 死にたいのかっ」

「バールは我が国最大の聖獣だ! お前なんて食べられてしまうぞ!」

晴斗は団員たちの声を振り切るように、ぐんぐん泳いでいく。

川の水は冷たく流れが速いが、泳ぎでは誰にも負ける気はしない。あの水獣バールにさえも。

「ガ、ガ、ガ……ッ」

水獣バールが笑うような声を上げて、頭部にある大きな一本角の上にトミーを乗せた。

「パパ……っ、ハルトにーたん、たしゅけてぇぇ」

泣きそうな顔で小さな手を伸ばすトミーに、デュークが近づこうと泳ぐが、水獣バールは大きな体をくねらせて槍《やり》のように泳ぎ、距離が縮まらない。

晴斗は体を持っていかれないように懸命に水獣バールの方へ向かって泳ぐ。

水獣バールの鱗に覆われた全身は滑りやすいようで、バールの角を掴んでいたトミーの小さな体がずるずると落ちて、川の中へトプンと落ちてしまった。

「たしゅけ……ごぼっ、ごぼごぼ……っ」

「トミー!!」

デュークよりも速く泳いだ晴斗が、トミーの小さな体を抱き上げる。

「ふはっ……はぁ……っ、ぜい、ぜい……トミー、大丈夫か？」

「ハルト……にーたん……っ」

「このまま僕にしがみついていて……！」

トミーを抱き抱えるようにして岸へ向かって泳ぎ出した直後、水中を何かが恐ろしい勢いで迫ってきた。バールの尻尾だ。逃げる間もなく背中に衝撃が走り、晴斗は弾《はじ》き飛ばされた。

「ぐっ……」

トミーを両手で抱きしめたまま、ごぼごぼと水を飲んでしまい、頭が真っ白になった。

体感的にも浮力が下がっていくのがわかり、水面から伸びた白い光が薄れていく。

「トミー！　ハルト！」

背後から誰かが抱き留めてくれ、意識が朦朧《もうろう》となっていた晴斗は我に返った。ぐっと浮力が加わり、ざばっと水しぶきを上げて水面へ顔を出す。晴斗は焦って息を吸った。

「はぁ、はぁ……はぁ……っ」

薄く目を開けると、整ったデュークの顔が視界いっぱいに広がっている。

「デュークさん……」

「しっかりしろ！」

「トミーを……お願い……」

二人を支えたままでは、水獣バールから逃げられないだろうと思い、腕の中のトミーをデュークへ渡す。もう力が残ってなくて、晴斗は唇を嚙みしめたまま脱力するように水の中へ沈んでいく。

「ハルト！」

手を摑まれ、強く引っ張られた。トミーと一緒に彼の腕に抱きしめられるのを薄れていく意識の中で感じた。

ゆらゆらと水面が揺れ、煌めく日差しの向こうに水獣バールがいる。

こちらを見てバールが「グアァァ」と声を上げた。

――襲ってくる……？

体が小さく震え、そっと後ろを見ると、晴斗を支えてくれているデュークの端整な顔があった。

　――デュークさんがいる。きっと、大丈夫だ。

　晴斗はなぜか彼のそばにいると深い安堵を覚えて、根拠もないのに不思議と安心できた。

「ガ、ガ、ガッ」

　笑うような高い声が耳朶を打ち、気がつくと、ざぶんと大きな音を立てて水獣バールが川の中へ潜った。

　左右へ蛇行するように体を揺らし、水しぶきを立てながら黒い影が遠ざかると、デュークが大きく息をついた。

「――バールが海へ戻っていった。助かった……」

　デュークが晴斗とトミーを岸まで連れて泳ぎ、草むらへ引き上げた。

　水から上がったトミーが全身で息をつき、小さな口を開けて息を吸った拍子にごほごほと咳《せ》き込んだ。

「大丈夫か、トミー」

　デュークが優しく抱きしめている。呼吸を整えながら、晴斗がそんな二人を少し離れて見守っていると、かなり流されたので、騎士団員が走って集まってきた。

「団長！　トミー様！　ご無事でよかったです。何もできず申し訳ありませんでした」

「ジャンなんて、腰を抜かしてましたから」

「ニノンこそ、ガタガタ震えていたくせに」

騎士団員たちはデュークとトミーを取り囲み、安堵した顔で互いの失態を笑いながら、二人の無事を喜んでいる。

部下に囲まれているデュークとトミーの輝くような笑顔を見つめ、晴斗はウェットスーツのジッパーを緩め、ため息をそっと落とした。

――デュークさんもトミーも怪我がなくてよかった。それに、部下からこんなに慕われているなんて、デュークさんすごいな。

ひとりは慣れているはずなのに、どこへ行っても馴染めない自分が惨めに感じられ、胸の奥がひりひりと痛む。

疎外感が胸の奥から込み上げ、顔を伏せた刹那、デュークの声が響いた。

「ハルト！」

「は、はい」

デュークが輪を抜けて晴斗に近づいてきた。目が合うと、空のように澄んだアイスブルーの瞳を細めて微笑む。

「一度ならず二度までも息子を助けてくれたことに心より感謝する。ハルトの泳ぎは本当にすごかった」

「いいえ……僕の方こそデュークさんに助けてもらいました。何より、トミーが無事でよかったです」

　こんな可愛くて優しい子に何かあったら本当につらい。少しでも守れる手伝いができてよかったと思っていると、デュークから手を差し出された。

　あわててその手を握り返す。やわらかで大きな手の感触に心臓がぎゅっと引き絞られた。

　騎士団員たちから、「そうだ、そうだ」と歓声が上がった。

「ハルトの泳ぎもすごかったぞ！　デューク団長もさすがです！」

　両方の勇気を讃《たた》えるコールが起こり、デュークが苦笑しながら部下へ片手を上げて鎮めた。

　最初のギスギスした雰囲気は霧散されていて、晴斗を捕縛した方がいいと言った団員が、満面の笑みを浮かべて近づいてくると、晴斗の背中をばしんと小気味の良い音をさせて叩いた。

「お前、すげえな！　あの水獣バールに向かっていくなんて！」

「あ……あの、いいえ」

　慣れてないので、どう答えていいのかわからず、動揺して視線が泳いでしまう。

「そうだ、これを……団長！　これで体を拭《ふ》いてください」

　団員のひとりが手巾を持ってきた。水を吸い取りやすい綿生地の大きな手巾だ。部下から手巾を手渡されたデュークが静かに言う。

「ありがとう。ハルトとトミーにも手巾を頼む」

「はっ」

晴斗も手巾を受け取った。ガシャッと音がしたので見ると、デュークが鎖を連結させて作った上着を脱ぎ捨てたところだった。端整な顔立ちからは想像できないほどデュークの体は逞しく、上半身裸で異国風のズボンを穿《は》いた彼の、割れた腹筋や厚い胸板を直視できず、晴斗は戸惑いながら、ウェットスーツの上から手巾を押さえた。

「さあトミー様も」

部下たちがトミーの服を脱がせて体を拭こうとすると、小さな頭が横に揺れた。

「ボク、じぶんでしゅる」

晴斗とデュークが自分で拭いているのを見て、トミーも自分でしたくなったのだろう。小さな手でごしごしと体を拭いている。

「さすがトミー様、ちゃんと拭けてますね。少しだけ我々にもさせてください」

「ん、おねがい」

部下のひとりがトミーの髪をくしゃくしゃと拭いているのを見て、晴斗は小さく微笑んだ。

最初、騎士団員は怖い人たちかと思ったけれど、案外優しいとわかり晴斗は嬉しく思った。

デュークが騎士団員のみんなに指示を出す。

「私はトミーとハルトを家へ連れて帰る。みんなは本部へ戻り、狼煙の件と水獣バール出現の報告をし、エドガー隊長の指示を仰いでくれ」

「了解！」

部下たちは声を揃えて敬礼し、低木に繋いでいた馬に乗った。

「それでは、我々はこれで」

「トミー様、どうぞお気をつけて」

「それからハルト、ズローベルト国の者だと疑って悪かった」

「それではデューク様、失礼いたします」

騎士団員たちは口々にそう言うと、隊列を組んで馬を駆けさせ、本部へ戻っていった。

3

騎士団員が立ち去った後、晴斗は川辺の草地に座り、デュークとトミーと服を乾かした。

みんなの輪の中に入れた興奮がまだ胸の中にくすぶっていて、なんだか不思議な気持ちで、うつむいたままそよそよと心地よい風に吹かれている。

「ハルトにーたんのふくは？」

「あ……僕のはもう、乾いているんだよ」

速乾性のあるウェットスーツは脱ぐ間もなく乾いている。デュークとトミーの服は、絞って手巾で拭き、低木に吊《つ》るしている。眩《まばゆ》い日差しを浴びてはたはたと揺らめき、じきに乾きそうだ。

隣にいる、日差しを受けて絹糸のように反射する金髪の美形父子は上半身裸だ。トミーのぷにぷにとした可愛い体は微笑ましいが、デュークの鍛え上げられた裸体を直視することができず、晴斗は不自然に顔を伏せたままだ。

「ハルト」

「は、はい」

顔を上げると、デュークに真っ直《す》ぐに見つめられ、晴斗の頬がじわりと熱を帯びる。

「君の勇気は称賛に価する。それに泳ぎも本当に素晴らしかった。君はどこから来た？　南部の海岸都市か？」

「いいえ、僕は周囲を海に囲まれている日本という国から……あっ」

目の前の逞しい裸体に動揺していた晴斗は、ぽろりと日本から来たと話してしまった。

青色の双眸を瞠ったデュークの表情にハッとなり、あわてて口を手で覆ったがもう遅かった。

「――ニホン？　聞いたことのない国だが？」

「あの……異世界なんです」

デュークがますます目を見開いた。

「異世界？　そんな世界が存在するのか」

デュークと晴斗の間にちょこんと座っていたトミーも目を丸くした。

「いちぇかいって？」

「ここと似ている世界があって、車が走っていて、飛行機が飛んでいて……それからテレビとかがあって、それから……」

――ぎゅるるるる。

お腹が空《す》いていたようで、話している自分の声を遮るように胃が自己主張した。

「ハルトにーたん、おなかしゅいたの？」

トミーに尋ねられ、晴斗は恥ずかしくて真っ赤になった。

「あ、安心したら急に空腹を感じて……どこか外食するお店がありますか？　あっ、僕、お金持ってないんだ」

改めて、自分が何も持っていないことに気づいた。不安な思いが込み上げ、きょろきょろと周囲を見渡していると、デュークが優しく言った。

「──君は息子を助けてくれた恩人だ。うちへ来てくれ。とりあえず腹ごしらえをしよう」

「本当ですか……！　ありがとうございます。デュークさん」

ありがたいデュークの言葉に安堵した途端、気が緩んで胃がさらにぎゅるる、ぐうぅぅと大きく鳴ってしまった。羞恥《しゅうち》で倒れそうだ。

「ハルトにーたん、おなか、しゅごくしゅいてるの？」

トミーが心配そうな顔になった。

「だ、大丈夫だよ」

これ以上鳴らないようにお腹を手で押さえながら、恥ずかしさで小さく震えていると、デュークがすっと低木を抜けて木々の奥へ歩いていった。じきに戻ってくると、林檎《りんご》に似た青色の果物と小型ナイフを晴斗の方へ差し出した。

「家に着くまで、とりあえずこれでも食べるといい。青林檎だ」

「青林檎……？　ありがとうございます、いただきます」

お腹が空いていたので、ものすごく嬉しい。

青色の林檎は珍しいと思いながら受け取り、ごしごしとウェットスーツで表面を擦《こす》って、かぷりと勢いよくかぶりついた。

「――んっ、ごほっ、げほっ」

皮が硬くてものすごく苦い。思わず咳き込んだ晴斗は、これは林檎じゃないのかなと首を捻《ひね》る。デュークが晴斗の手から林檎を取った。

「ハルト、青林檎の皮は普通、食べないんだ」

デュークが説明しながら、小型ナイフで器用に皮を剥いてくれた。

「これでいい、言葉が足りずにすまなかった」

「いいえ……いただきます」

空腹の晴斗はハグッとかぶりつく。かぷり、シャリシャリと音が響く。

「……あ、美味しい」

実は瑞々《みずみず》しくて甘い。林檎とキウイが混ざったような美味しさに、夢中で咀嚼《そしゃく》する。

あっという間に食べ終わると、もうひとつ、目の前に差し出された。デュークが皮を剥いて用意してくれたのだ。

シャリシャリと音をさせて二個目を食べ終えると、改めてデュークにお礼を言った。

「美味しかったです。生き返りました。ありがとうございます」

「落ち着いたようで、よかったよ」

デュークはふわりと表情を緩ませて晴斗に微笑んだ。逞しい上半身の水滴が日差しを受けて煌めいている。彼の笑顔にトクンと叩かれたように胸が疼いた晴斗は、ぎゅっと拳《こぶし》を握りしめた。

デュークが低木に吊るしているトミーの服を確認した。

「トミーの服はほとんど乾いている。着た方がいい」

「あいっ、じぶんでしゅる」

えっしょ、えっしょと言いながら、トミーが白色シャツに手を通している姿はとても可愛い。

「できたよ、みてー」

「トミー、すごい」

ボタンはまだ難しいようなので、晴斗がそっと留めてやった。

デュークは鎖で編んだチェインメイルをつけ、上からほぼ乾いた漆黒の騎士団衣を羽織った。

まだ少し濡れている金髪を掻き上げるデュークの何気ない仕草にまた見惚れてしまう。

ふいに「キューン、キューン」と犬の遠吠《とおぼ》えが聞こえてきた。

「ヤーク、ボクはここよー」

トミーが大きな声を出すと、真っ白でもこもこした、晴斗の腰くらいの大きさの四足歩行の生き物が、ものすごい速さで駆けてきた。

「あ、可愛い。犬に似ているけど、角があるから羊かな……？」

顔つきは犬に似ているが、羊のように角が二本、生えている。太っているのか毛が多いのか、丸々して見ようによっては犬より羊のようだと思った。

「ヤーク」

トミーが笑顔で名を呼ぶと、丸々とした白い生き物が『トミー』とつぶやいた。

『大丈夫ダッタ？　心配シタヨー』

「えっ、しゃべった！」

晴斗は驚きのあまり、口をぱくぱくさせてヤークを見つめる。

「ボクのちんゆうのヤークよ」

「トミーの親友？　そうなんだ……」

ヤークがこくんと頷き、晴斗を見上げて小首を傾げた。

『ドモ、僕ハ、ヤークデシュ。アナタノ名前ハ？』

黒いつぶらな瞳が愛らしくて、晴斗は驚きながらも笑顔になった。

「あ……、よ、よろしくヤーク。僕はハルトです」

『ハルトシャン、仲良クシテクダシャイ』

「は、はい、こちらこそ」

近づいて、お手をするように握手する。そっと頭に手を置くと、白色の毛がふさふさとして気持ちいい。

「ヤーク、少し体を撫でてもいいですか？」

晴斗が尋ねると、ヤークは『ドウゾデシュ』と答えた。

ヤークの白い毛はとても長く、モフモフして、すごく手触りがいい。

思わず両手で撫でると、ヤークはくすぐったそうに目を細めている。触られて気持ちいいのかもしれない。

「ボクも、ヤークなでなでする」

撫でているつもりかもしれないが、トミーは同じくらいの身長のヤークにしがみついている。モフモフしているヤークをトミーがむぎゅっと抱きしめている姿が可愛すぎて、晴斗の頬が緩んだ。

「可愛いですね」

思わずつぶやくと、デュークがふわりとやわらかな笑みを浮かべて「そうだな」と頷いた。

「ヤークは、聖獣の一種である陸獣と犬の間に生まれた子供で半獣だ。聖獣は知能が高く、会話することができるが、ヤークのような半獣の多くも言葉を話せる」

「あの、聖獣って？」

気になっていたことを尋ねると、デュークはじゃれ合うトミーとヤークを見つめながら、短く答えた。

「聖獣は――深山の奥に住んでいる聖なる獣たちのことだ」

よくわからないが、この異世界では人と動物の他に、聖獣というものが存在して、彼らは言葉を話せるようだ。

デュークがヤークへ言葉をかけた。

「ヤーク、トミーと仲良くしてくれるのはいいが、危ないことをしていたら止めてくれ」

『ゴメンナサイ。小舟ニ乗ルトミーヲ、止メラレナカッタデシュ』

肩を落とし、謝罪する半獣ヤークをトミーが懸命にかばう。

「パパ、ボクがわるいの」

「怒ってないよ。でも、次に同じことをしたら、パパは許さない」

鋭い目でトミーとヤークを睨んだデュークに、晴斗の方が縮み上がる。顔立ちが整った男が怒ると、それだけで迫力があるのだ。

「ボク……きをちゅける」

ヤークがトミーを見つめ、つぶやくように言う。

『ソウダネ、トミー。川ハ危険ダカラ、気ヲツケテ』

そう言いながら、ヤークが尻尾を振り、ぴょんと高く飛び上がって後ろへ下がった。岸辺の草地は濡れて滑りやすく、あっと思う間もなく、ころころと丸いヤークの体が草地を転がり、ぽちゃんと川の中へ落ちてしまった。

トミーが驚いて身を乗り出した。

「ヤーク！　だいどーぶっ？」

晴斗とデュークも驚いて川のほとりへ駆け下りる。

ヤークは犬かきをするように前脚を動かしていた。デュークが声をかける。

「ヤーク、泳げるのか？」

『モチロン、ボクハ泳ゲマシュ……ダイジョ……ブクブク……』

——泳げると言いながら溺《おぼ》れている！　晴斗はすぐに川に飛び込んで、ヤークを抱き上げた。

『ゴボゴボ……ハルトシャン……』

「水を飲むといけない。しゃべらないで」

ヤークを支えるようにして川岸まで連れて上がり、ほっと息をつく。

『タ、助カッタデシュ……ハァ、ハァ』

プルルッと元気よく体を震わせて水気を飛ばしたヤークへ、トミーがむぎゅっと抱きついた。

「ちんぱいしたよ、ヤーク」

『トミー、ゴメンネ。アセッテ、泳ギカタ……忘レチャッタデシュ』

のんきなヤークに晴斗は苦笑した。

「気が動転したのかも。本当に気をつけてね」

『ハルトシャン、アリガトウ』

お日様の下でトミーとヤークが座って話をしている。じきに「ウォォーン」と犬の遠吠えが聞こえ、ヤークが振り返った。

『ママガ呼ンデル……』

「ママが？」

トミーが目をまたたかせると、ヤークは尻尾を振りながら、体を擦りつけるようにした。

『ママノトコロへ寄ッテキマシュ。ソレデハ、トミー、マタネ。デュークシャントハルトシャンモ』

「またね、ヤーク」

晴斗とデュークも手を振る。ヤークは『サヨナラ』と言うと、川の向こうの町の方へ、飛ぶように駆けていった。

その速さに驚きながら、晴斗は訊いてみる。

「ヤークは普段、誰と一緒に暮らしているんですか？」

「ヤークは聖獣の父親と一緒に、ヒシユニ森の奥で暮らしている。聖獣は単独で生活するが、自分の子供だけはある程度大きくなるまでともに過ごし、育てるんだ。ヤークの母親は町に住んでいる医術師の家の飼い犬で、ああやって時々、会いに行っている」

ヤークが走り去った方を見つめ、トミーがぽつりとつぶやいた。

「いいなぁ、ヤークはママがいて……」

デュークの表情が陰りを帯び、静かにトミーの髪を撫でた。気持ちを切り替えるようにデュークが明るい声を出す。

「さあ、屋敷へ帰ろう、トミー、ハルトも」

「うん、かえるー」

すぐに笑顔になったトミーに晴斗もほっとする。

「ノアール！　来てくれ」

デュークが指笛を長く鳴らして、深山へ戻った空獣ノアールを呼んだ。

じきに空獣ノアールの「グアァッ」という鳴き声が響き、低く飛んで川岸へ降り立つと、鋭い爪を持った脚でこちらへ近づいてくる。

晴斗は白銀色の巨大な体や、大きな羽や鋭い目つきになかなか慣れず、怖さから固まってしまう。

デュークがノアールに話しかけた。

「家へ帰る。私とトミーとハルトを乗せてくれ」

『ワカッタ、デューク』

――このノアールという大鳥もしゃべるのか……！　聖獣は話せると先ほどデュークから聞いたが、まだ子供だった半獣のヤークと違い、牙を持つ巨大な聖獣を前にすると恐怖を感じて後じさってしまう。

振り返ったデュークが微笑んで穏やかに言う。

「ハルト、聖獣は人間を食べたりしない。大丈夫だ。さあ、トミーはこの籠《かご》の中へ入ってくれ」

「あい、パパ」

ノアールの首から木籠が下げられており、デュークがその中へトミーを入れて、革紐《かわひも》でシートベルトのように固定する。ノアールが首を捻じるようにしてトミーを見つめ、鋭い目を細めた。

『トミー、シッカリツカマッテ』

「うん、ノアール、大しゅき」

『フン、ワカッテイル。カワイイヤツメ』

ノアールの意外な返事を聞き、晴斗は「ノアールって可愛いな」と心の中でつぶやいた。怖さが薄まり、自分から声をかけてみる。

「よ、よろしくお願いします、ノアールさん。僕はハルト・タチバナです」

『……』

「あの、ノアールさん？」

『……』

応えてくれないので、しょんぼり肩を落とした晴斗に、デュークが励ますように言う。

「ヤークは半獣で、しかもまだ子供だからたくさん話したが、聖獣は心を開いた相棒、つまり自分の乗り手としか会話をしない。トミーは私の息子だから特別にノアールも会話をしているんだ」

どうやら、それぞれの聖獣には乗り手という、絆《きずな》で結ばれたパートナーがいて、その人としか会話しないものらしい。特にノアールから嫌われているわけでも、見下されているわけでもないとわかり、晴斗は安堵した。

「それじゃあハルト、この革紐を腰に巻いてくれ」

腰にぐるりと革紐が巻かれたが、これだけでは心もとない気がして不安になった。ふと見るとデュークは何も巻いていない。

「あの、デュークさんは？」

「私は聖獣乗りだ。何もなくて大丈夫だ」

デュークが「ノアール、屋敷へ戻ろう」と声をかけると、『ワカッタ』と言ってノアールが翼を広げ、羽ばたいた。

下から突き上げるような浮遊感に包まれ、思わず目を閉じ、ノアールの体にしがみつく。風圧に体が浮かびそうになると、デュークが背後から支えるように覆いかぶさってくれ、風が耳元でゴウゴウと鳴った。目を開けると、視界いっぱいに青空が広がっていた。下を見ると、青緑色の草原と川が小さく、作り物の玩具《おもちゃ》か何かのように見える。

眼下に連なった山が見渡せ、少し先には海が広がって、水面が日差しを反射してとても美しい。

「あ……海だ……！　僕、海が大好きなんです。小さな頃からそばに海があって……今は仕事でイルカと一緒に泳いでいます。あ、イルカって、こっちにもいますか？」

「ああ、ニドル海でよく集団で泳いでいる。そうだったのか。それで水獣バールを相手に、あの泳ぎを……」

「さっきの大きな一本角の聖獣ですね」

「そうだ。水獣バールにはパートナーがいない。聖獣はパートナーを得ると思慮深さが増し、落ち着いた行動をとるようになる。だから単独の聖獣は凶暴さが残っていて、いろいろ問題を起こすことが多い」

「そうですか」

内容はよくわからないが、耳に優しく響くデュークの穏やかな声を聞いていると、なんだかホッとする。

全身を撫でる風が心地よく、ちらりと見ると、革紐で固定された籠の中にいるトミーがうとうとしている。風で広いおでこが丸出しになってとても可愛い。思わずトミーの頭を撫でようと、晴斗は身を乗り出した。

「ふふ、可愛いなぁ……うわっ」

前のめりになり、体がガクンと傾いた。咄嗟に艶やかな空獣ノアールの毛を掴もうとするが手が滑って空を切る。

「あ、危な……」

――落ちるっ！

体がふわりと浮いて、息が止まった。後ろ向きに体が落ちて視界に青空が広がり、ひやりと汗が背中を伝い落ちた。

「ハルト！」

がくんっと落下が止まり、ハッと我に返った。晴斗の手を身を乗り出すようにしてデュークが掴んでくれている。

「デューク……さん……」

デュークの金髪が風になぶられ、晴斗の重みでずるずると彼の体が滑りそうになっていることに気づいて、晴斗はあわてた。彼は命綱と呼ぶべき革紐をつけていないのだ。

「デュークさん、危ない……っ」

「ハルト、動くな……！　じっとしていろ」

手からデュークの汗が伝わってくる。彼はぐっと奥歯を噛みしめて懸命に晴斗の腰の革紐を掴み、引っ張り上げた。

「た、助かった？　よかった……」

ドクドクと心臓が鼓動を速め、全身を冷たい汗が滴り落ち、力が抜ける。

「……怪我はないか？」

「はい、す、すみません、デュークさん……僕……」

本当に危なかった。恐る恐るデュークの方を見ると、日差しを反射したアイスブルーの双眸が心配そうに晴斗を見つめていた。

そしてデュークの手元から血が出ていることに気づいて晴斗は驚愕する。汗だと思っていたのは血だった。晴斗の手に彼の血がべっとりついている。

「デュークさん、血が！　手に怪我を……！」

「革紐の繋ぎ目の金具で切ったようだ。かすり傷だから大丈夫だ」

僕を助けるために……。かすり傷にしては出血が多くて、晴斗は胸が締めつけられる。

「デュークさんを危険な目に遭わせてしまって……本当にすみません」

「そんな顔をするな。君は息子の命の恩人だ」

「デュークさん……」

しょんぼりと視線を下に向けると、家や果樹園が豆粒のように小さく見える。かなり高度があるので、ここから落ちたら無事ではすまないだろうと改めて怖くなり、ぶるっと小さく体を震わせた。デュークは晴斗が落ちないように、上から体を支えてくれた。

「デュークさん……怪我は？」

「大丈夫だ。着地するまでこうしている」

優しい人だと改めて思った。

そばに彼がいるだけで、なんだか体が熱い。怖いからだろうか？　迷惑をかけてすまない気持ち？　晴斗自身、よくわからない。意識すると背中が燃えるように熱くなり、胸が切なく、ドキドキと鼓動がさらに速まってしまう。

「どうした？」

デュークがこちらを見た。近い距離に逃げ出したいような、このままそばにいたいような、やっぱり彼の体を押し返したい衝動に駆られ、初めて経験する気持ちに戸惑ってしまう。

「体調が悪いのか？　すぐ屋敷へ着く。もう少しだ。頼むから落ちないでくれよ」

「き、気をつけます。すみません」

これ以上心配をかけないようにと晴斗は革紐を握りしめた。

「――ハルト、ここはフィアル王国の西部だ。東に行けば王都がある。ほら、もうすぐ屋敷だ。見えるか？」

前方をデュークが指さした。果樹園や畑の向こうに広い土地に囲まれた屋敷が見えてきた。

「あのお屋敷ですか……大きいですね」

ラルム家は富豪のようで、ノアールが徐々に高度を下げていくと、石造りの大きな屋敷が見えてきた。広い敷地内に木々が生い茂って池まであるのがわかる。

やがてノアールが大きな翼を羽ばたかせながらゆっくりと着地した。

「トミー、着いたよ」

デュークが木籠の中のトミーに声をかける。

「パパ……ボク、ねむねむ……」

籠の中で揺られて、トミーは眠くなったようだ。

「私の愛する息子……おいで」

「あい、パパ」

デュークが革紐を外すと、トミーが目を擦りながらデュークの方へ小さな両手を伸ばした。

そんなトミーを抱き上げたデュークが、空獣ノアールから優雅な所作で飛び降りる。

「すごい……」

この高さから子供を抱えてジャンプするとか。晴斗は自分なら両足骨折で満身創痍《まんしんそうい》だと思い、どうやって降りたらいいのだろうと不安になった。

梯子《はしご》を探そうと、晴斗がノアールの背できょろきょろしている間に、デュークはトミーを木陰に座らせた。トミーは再びうとうとと微睡《まどろ》んでいる。

「少し待っていてくれ」

デュークはトミーに声をかけると、怪我をした手に手巾を巻きつけ、ノアールのそばへ戻って、晴斗へ片手を伸ばした。

「飛び降りてくれ。私が抱き留める」

「デュークさんは手を怪我しているのに……梯子とかはありませんか？」

「そんな長い梯子はないよ」

デュークは首を横に振った。

「そ、それじゃあ、僕、ひとりで大丈夫です。飛び降ります」

「ハルト？」

この高さから飛び降りるなんて無謀すぎるが、手を怪我しているデュークに迷惑をかけたくなくて、なんとか自力で下りようとする。

「無理をするな、ハルト。怪我をする。君なら軽そうだし、片手で大丈夫だ。ちゃんと受け止めるから――」

デュークの言葉には説得力がある。さすが騎士団長だ。

「わ、わかりました。それでは……う、受け止めてください。すみません」

恐る恐る目を閉じて、彼の方へ体を預けた。

ふわりと体が宙に浮き、心臓が一瞬ひやりとしたが、がしっと逞しい胸に抱きしめられて無事だった。

「あ、ありがとう、ございます。手は痛くなかったですか？」

顔を上げると、息が触れ合うくらい近くにデュークの美麗な顔があってドクンと心臓が跳ねた。彼は抱きしめるようにしていた片手を外すと頷いた。

「私の心配をしていたのか？　大丈夫だよ」

木陰に座らせたトミーがいつの間にか横になって眠っている。そっと抱き上げ、デュークが空獣ノアールへ視線を向けた。

「ノアール、世話になった。休んでくれ」

『ワカッタ、デューク』

パートナーとしか会話しないと聞いていたが、お礼を言いたくて、晴斗もおずおずと話しかける。

「ノアールさん……あの、ありがとう、ございます。送ってくれて、助かりました」

『……』

やっぱりスルーされて晴斗は苦笑する。ノアールは「クワァァァッ」と威嚇するように鳴いて、大きな羽を広げ飛び立った。

「ノアールはひとりで寂しくないでしょうか」

飛び去るノアールの姿を見つめて問うと、デュークはふっと笑った。

「聖獣は群れを作らない孤高の獣で、自然の中で暮らしている。心を許したパートナーとの絆があるから、呼べばすぐに来てくれるし、寂しくはないと思う。さあ、こっちが正面玄関だ。ハルト、ついておいで」

「は、はい……！」

今まで苗字で呼ばれることが多かった晴斗は、デュークから「ハルト」と呼び捨てにされるたび、体の奥から嬉しさが込み上げて、頬が緩んでしまう。

トミーを抱いたまま大きな屋敷の方へと歩いていくデュークに続き、細工が施された柱が並ぶ玄関アプローチを抜けた晴斗は、そわそわと周囲を見渡した。

原色の鮮やかな花が並ぶ庭園は手入れがいきとどいている。両開きの扉を開けて室内へ入ると、日差しを浴びたステンドグラスの甘美な光に包まれた。ふいに凜とした若い男性の声が響く。

「デューク様、お戻りですか？」

赤毛に朱色の瞳の整った顔立ちの、二十代後半くらいの男性が近づいてくる。デューク より少し背が低いが百八十センチはありそうで、晴斗よりかなり長身だ。細身でどこか小悪魔的な雰囲気を持ち、高い鼻梁《びりょう》と大きな目をした美青年の彼を見て、デュークが微笑んだ。

「ただいま、ロレンツ。トミーも一緒だ」

「トミー様……！」

玄関が逆光になって見えなかったのか、ロレンツと呼ばれた赤毛の彼はトミーに気づくとハッと目を見開いた。つかつかと近寄ってトミーの頬をぷにっと引っ張る。

寝ていたトミーがむにむにと目を覚ました。

「ん、いたい……、あっ、ロレンツにーたん」

「トミー様、黙って遊びに行ってはいけないと言ったはずですよ。お忘れですか。気づいたらいなくなっていて……トミー様がご無事でよかったです」

「ちんぱいかけて、ごめんなたい」

「トミー様……」

ロレンツは先ほど引っ張ったトミーの頬を優しく撫でた。

「ロレンツ、紹介する。こちらはハルトだ」

顔を上げたロレンツが、晴斗のウェットスーツ姿に眉根を寄せた。

「デューク様、この者は一体……」

「ハルトはトミーを助けてくれた恩人だ。しばらくこの屋敷で過ごしてもらう」

「彼をこの屋敷に住まわせるのですか？」

朱色の瞳が大きく見開かれている。

「そうだ。仲良くしてやってくれ」

晴斗は握手をしようとロレンツの方へ歩み寄り、おずおずと手を差し出した。

「よ、よろしくお願いします。僕はハルト・タチバナです」

「……俺はトミー様をお守りするために、デューク様に雇われている傭兵《ようへい》のロレンツ・ドーガルです。よろしく、ハルトくん」

戸惑うように視線を揺らしながらも、ロレンツは笑顔で手を握り返してくれた。

「ロレンツさんは傭兵ですか……？　えっと傭兵って兵士のことですよね……？」

デュークが頷いて説明してくれる。

「実はトミーは、身代金目当ての輩《やから》に、三か月ほど前に誘拐されたことがある。幸い、半日ほどで騎士団が誘拐犯を捕縛し、トミーは無事だったが……」

「えっ、誘拐？」

不穏な言葉にびくりと肩が揺れてしまう。

デュークの腕の中に抱かれたトミーが口を開いた。

「ボク、もうしらないひとに、ついていかない……」

「ええ、そうです。それから家を勝手に出ていってはいけないと言ったはずです。なぜ俺に黙って屋敷を出たんですか、トミー様」

再び渋面になったロレンツに、トミーは「う……ごめんなたい」と言いながらデュークの腕の中に隠れた。

「いいですか、川は水獣バールが出る可能性があり、危険なんです。大人と一緒に行かないといけません。すべてトミー様を安全にお守りするためです」

「そうだよ、トミー。もう二度と黙って屋敷を出ていってはいけない。私は騎士団長として任務があり、王宮で警吏や幹部たちと会議があったり異国との外交で家を空けることが多い。だから事件の後、ロレンツに住み込みでトミーを守ってもらっているのだから」

「あーい……」

デュークとロレンツに叱られたトミーが項垂《うなだ》れていると、ドスドスと大きな足音が響いた。

「トミー坊ちゃまぁぁ！」

紺色の長衣に白いエプロンをつけた恰幅《かっぷく》のよい中年の女性がこちらへ走ってきた。

「ご無事でよかったですわ。黙って遊びに行ってしまうなんて！」

そう言いながら、デュークの腕に抱かれたトミーをふくよかな両手で奪い取り、むぎゅっと強く抱きしめた。

「……はぅ、いたい……マーサ……」

「黙って屋敷から出たらダメだと、あれほど申し上げていたのに！　トミー坊ちゃま！」

「ごめんなたい、マーサ、きをつけるから……」

「本当に無事でよかったです。まったく肝が冷えました。マーサさん、トミー様も反省なさっておいでです」

ロレンツがそう言いながらマーサからトミーを受け取り、反省しているトミーの金髪を優しく梳《す》いた。

デュークがマーサの方を向いた。

「マーサ、紹介する。こちらはトミーの命の恩人のハルトだ」

「まあ！　それはどうも……っ、え？　こ、この変態みたいな恰好《かっこう》をした人が？」

変態と言われて、晴斗は真っ赤になってうつむいた。

「ハルトは少し変わった恰好をしているが、優しくて頼りになる男だ。ハルト、家政婦のマーサだ。この家のことを仕切ってくれている」

「ど、どうぞよろしくお願いします、マーサさん」

ぺこりと頭を下げると、マーサが表情を和らげ、ため息をついた。

「ハルトさんはちゃんと挨拶《あいさつ》ができるし、よく見ると愛らしい顔をしていますね。変態だなんて言って、ごめんなさいね」

「いいえ」

マーサと握手を交わすと、やわらかくてふくよかな手の感触に、亡くなった祖母が思い出された。

「マーサ、食事と風呂《ふろ》の用意を頼む」

「畏《かしこ》まりました、デューク様。お風呂の用意ができたら、声をかけますわね」

マーサがパタパタと室内へ戻っていく。

「トミー、夕食の前に……」

言いかけたデュークがふっと表情をほころばせる。いつの間にか、トミーはロレンツの腕の中で眠っていた。

くうくうと小さな寝息を立てるトミーを見て、ロレンツも笑顔になっている。

「疲れたのでしょう。俺がトミー様を部屋までお連れします」

「頼むよ、ロレンツ」

ロレンツがトミーを大切そうに胸に抱いて螺旋《らせん》階段を上がっていく。

彼は真紅の髪をして、デュークと並んでも見劣りしないくらい長身だが、細い体をしているせいか兵士には見えず、トミーを抱いた姿は主婦を悩殺するイケメン保育士かホストのようだ。

「ハルト、風呂の用意ができる前に、屋敷内を案内しよう。ついて来てくれ」

「は、はい。あ……待ってください、その前にデュークさんの傷の手当をしたいです。絆《ばん》創膏《そうこう》とか包帯とかありませんか？」

「もう血が止まっているからいい」

「いいえ、ちゃんと手当しないと後で大変なことになるかもしれません」

看護師をしていた祖母から、傷を放置してはいけないとよく聞かされていた。晴斗が思わず強い口調で言うと、デュークが肩を竦《すく》ませ、「わかった」とつぶやいた。

一旦屋敷の外へ出て、温い風が中庭の木々を揺らしている中を歩き、庭園にある小屋の中へ入っていく。

「ここが薬草室だ」

小屋の中は多種類の薬草や植物の根などが並んでいる。デュークはその中から茶色の草を取り、匂《にお》いを嗅《か》いだ。

「これが血止め草だ。これを潰《つぶ》して布で絞って患部に当てる」

「わかりました。僕が作ります。詳しい手当の仕方を教えてください」

ここに救急箱があれば、もっとよい治療ができるのにと悔しく思いながら、晴斗は言われたとおり薬草を乳鉢ですり潰し、布で絞ったものをデュークの傷口へ当てた。

「つ……」

デュークが眉根を寄せながら、大きく息をついた。やはり痛むのだろうか。

心配になったが、彼はすぐ表情を変え、小さく微笑んだ。

「――ありがとう、ハルト。痛みが和らいだ」

「本当ですか？　よかったです」

薬草小屋を出て少し歩くと、中庭のそばにある井戸の前まで来た。

「ここがラルム家専用の井戸だ。自由に使ってくれていい」

「い、井戸……？」

水道がないとわかり、困惑した顔になった晴斗を見て、デュークが首を捻る。

「どうした？」

「あ、いいえ……」

井戸の横を通って建物の壁伝いに歩くと、今度は屋敷の裏手にある土間に連れていかれた。

「厨房《ちゅうぼう》にはここからと、食堂から入れる」

「はい……」

扉を開けると、広い土間に流しと調理台があり、三連式のかまどに大鍋《おおなべ》が置かれている。

「かまど？　えっと火は……？」

「火打石で火を熾《おこ》す。薪《たきぎ》置き場はその壁際と、外に専用の小屋がある」

「わ、わかりました。あの……この町にお店ってありますか？　食材とか売っている……」

「食材は朝市で調達できる。エルフ族の行商がたくさん店を出して、野菜や豆、肉や香辛料、それに薬草を販売している。他には公衆浴場と酒場が人気で、ここから馬車で小一時間ほど行ったところにある。ラルム家の屋敷は独自に井戸や風呂があるが、大多数の家庭は町の中央の井戸を利用している」

「そうですか……」

こちらの世界の様子が少しずつわかってきた。屋敷の中へ戻ろうとした時、ちょうどマーサが呼びに来た。

「デューク様、お風呂の用意ができましたわ」

「わかった。先にハルトに入ってもらう。準備をしてくれ」

「はーい」

マーサがバタバタと小走りに、着替えと手巾を用意して晴斗に手渡してくれた。

「僕は後からで……」

遠慮するが、デュークが「疲れただろうから、先に入ってくれ」と言ってくれた。

「ありがとうございます、デュークさん……」

土間の隣の部屋へ通されると、陶器製の湯桶《ゆおけ》が置いてあり、お湯がたっぷり入っていた。

ゆっくりと手を入れるとちょうどよい湯加減だ。

「大鍋で湯を沸かしてくれたのかな。ありがたい……」

多機能なユニットバスがある現在の日本と違い、風呂の用意だけでも大変だっただろうと思うと、感謝の気持ちが胸の奥からあふれてくる。

湯桶の中に浸《つ》かると香油のいい匂いがして、こっちの世界で初めてのお風呂なのに、とてもくつろいだ気持ちになった。

脳裏に可愛いトミーと優しいデュークの顔が浮かび、そっと目を閉じてつぶやく。

「気持ちいい。やっぱりお風呂はいいなぁ……」

なんだかとっても気分がよくて、無意識のうちに歌を口ずさんでいた。トミーが泣いていた時に歌った、サンサン水族館で流れている、サンサンマーチだ。

「……泣き虫弱虫よっといでー、ここはサンサン水族館、みんなのサンサン水族館ー」

気持ちよく何回か歌い終わり、お風呂から出て大判の麻の布で体を拭く。

「えっと、服……これ、デュークさんの服かな」

トクンと胸が小さく跳ねた。思わず服に顔を近づけると、石鹸《せっけん》とおひさまの香りがした。

「ありがとうございます、デュークさん。着させてもらいます」

水色の長衣はリネンでできていて肌触りがいい。腰の部分の紐で縛り、同色のズボンを穿くと、裾《すそ》が長くて驚いた。

「さすがにズボンの裾が……折り返してもまだ余っている。僕とデュークさんじゃ、身長も足の長さも全然違うから」

くるくると何度か折り返すと、ようやく晴斗の脚の長さにぴったりになった。廊下を歩いて居間の扉を開けると、長椅子《ながいす》で書物を読んでいたデュークが顔を上げた。

「お風呂、気持ちよかったです。服をお借りしました。ありがとうございます」

デュークがふっと口元をほころばせた。

「ロレンツの服は少し大きいようだな」

「これはロレンツさんの……？　そうでしたか」

デュークの服かと思ったが違ったようで、少しだけがっかりしてしまう。

「ハルト、珍しい歌を歌っていた。あの歌は？」

「あ……」

聞かれていたのだと思うと、ぶわっと一気に頬が熱くなった。全身が熱くなり、おろおろと視線を彷徨《さまよ》わせる。

「あ、あれは……その、勤務先の水族館の歌で……」

「とても上手だった。もう一度聞かせてくれないか」

「い、今ここで、ですか？　そんな……」

晴斗は真っ赤になって首を横に振ると、デュークが重ねて言った。

「聞きたい。頼む、ハルト」

からかわれているのかと思ったが、彼は真剣な表情を浮かべている。

「デュークさん……わかりました」

晴斗はカラオケに行ったり、まして人前で歌ったりしたことがほとんどない。トミーの前で歌ったのは泣き止ませるために必死だったし、こんなふうに誰かの目の前で歌うなんて初めてだ。

羞恥で背中に汗が滲むが、デュークが聞きたいと言うのならと、晴斗はぐっと拳を握った。咳払《せきばら》いをして、小さく体を揺らしてリズムを取りながら歌い出した。

「な、泣き虫弱虫よっといでー、ここはサンサン水族館、みんなのサンサン水族館ー」

声がかすれてしまったが、デュークは真っ直ぐに晴斗を見つめて聞いている。恥ずかしくて視線を合わせることができず、少しうつむいた状態でサビの部分を数回繰り返した。

歌い終わると、デュークが大きく拍手してくれた。

「初めて聞く、変わったメロディだ。リズミカルでいい。それに晴斗の声も、とてもきれいだ」

「そ、そんな……」

嬉しくて恥ずかしくて、晴斗が顔を伏せるようにしてつぶやく。

「デュークさんの方こそ、すごくいい声をしています」

彼の声は優しいテノールで、耳朶に甘く溶けるように響くのだ。そう思うと、どうしても彼の歌が聞きたくなった。

「あの、よかったら……デュークさんも、何か歌ってくれませんか？」

彼は驚いた表情で晴斗を見つめ、頷いた。

「それじゃあ――子守歌でもいいか？」

すっと立ち上がったデュークが静かに息を吸って、ゆっくりと口を開いた。

「眠れ――我が愛《いと》しき子供――幸多き未来を夢に見る――眠れ、眠れ――」

空気を震わせるような繊細で美しい歌声に、晴斗は息を呑んだ。一音一音に耳を傾けながら、ドクドクと鼓動がさらに高鳴る。全身が熱くなって胸が痛い。

――すごい……素敵な歌声……。

歌い終わったデュークへ手が痛くなるほど拍手を送ると、彼は小さく微笑んだ。

「今でもよくトミーに歌っているこの国の子守歌だ」

「僕の歌とはまったく違います。素晴らしいです」

「そんなことはないよ。私は君のことをもっと知りたい」

「え、僕のことを？」

今までそんなことを言われたことがなかったので、驚きと嬉しさで凍りついたように固まってしまう。

「特に異世界のことや、こちらへ来た時のことを詳しく話してほしい」

「あ……」

デュークは晴斗のことではなく、異世界のことを知りたいと言ったのだとわかり、先ほどまで嬉しかった気持ちがしゅんと萎《しぼ》んでしまう。

「わ、わかりました。えっとそれでは日本のことを……」

「——お話し中、失礼します」

ノックの音とともに居間のドアが開いて、やわらかな笑みを浮かべたロレンツが入ってきた。

「トミー様はぐっすり眠っています」

デュークがロレンツへ微笑みを返す。

「ありがとう。今日はいろいろあったから疲れたのだろう。今からハルトの話を聞くところだ。ハルトは異世界から来ている」

「異世界——？」

ロレンツが目を丸くして晴斗を見た。

「俺もその話を聞きたいです。いいですか、ハルトくん」

晴斗が頷くと、ロレンツはデュークの隣へ腰かけた。

「それでは僕がいた世界のことや、こちらの世界へ飛ばされた時のことを話しますね。僕は日本という国にいました。東京近郊の水族館へ一年前に就職して、海獣班に配属されて、ドルフィントレーナーになったんです」

話をするのはあまりうまくない晴斗だが、デュークもロレンツもじっと聞いてくれている。異世界のことはきっと理解できないことが多いだろうに、とてもありがたい。晴斗は話を続けた。

「僕はバンドウイルカのユアンとコンビを組んでいます。今日のショーが始まって少しして、ユアンに触れた時に突然、頭の中に声が聞こえたんです。トミーを助けてって」

「――なんだって？　トミーを？」

デュークが驚いた表情になり、ロレンツも小首を傾げている。

「そのユアンというイルカは、なぜトミー様の名前を知っていたのでしょう。偶然でしょうか」

「僕……理由はよくわからないのです」

デュークが何か言いたそうなロレンツを目で制し、「ハルト、続きを話してくれ」と促した。

「はい、その声が聞こえた後、ジャンプをして……気がついたらこちらの世界へ来ていました。ちょうど、えっと……リッィ川ですか、あの近くで目を覚ましたんです。馬車が通りかかったんですが、最初は言葉がわからなくて、戸惑っているとユアンの声が聞こえてきました。清水を飲めばいいと言われ、飲んだら言葉がわかるようになりました。その直後、小舟に乗ったトミーが流されてきたんです」

ユアンは確かにトミーを助けてと言った。聞き間違いなんかじゃなかった。

考える時の癖のようで、デュークは口元に手を当てて、思案している。ロレンツも黙って熟考し、シンと重い沈黙が居間に落ちた。

「そうだったのか、ハルトがいなければ、トミーはどうなっていたか……改めて礼を言う、ありがとう、ハルト」

デュークに頭を下げられ、晴斗は困って「いいえ、そんな……」と顔の前で手を振った。

「ハルトくん、そのユアンというイルカについて、もう少し詳しく教えてくれますか」

「はい……一年二か月ほど前に、海岸沿いを漂っていたところを助けられたイルカだと聞いています。その時に怪我をしたのか、背中に大きな傷があります」

ハッとデュークが息を呑んだ。

「背中に傷？　トッチと同じ――まさか」

「トッチ？」

「一年半ほど前に、ゾヨル海岸で怪我をして漂流していたイルカだ。領主である私のところへ連れてこられたが、鮫《さめ》に襲われたようで深い傷を背中に負っていた。私とトミーで手当をした」

「……え、トッチというイルカも背中に傷が……？」

それはユアンと同じだ。どういうことだろう。胸がざわめく。

「何か書くものをお願いします」

「トミーが絵を描く時に使っているものだが、これでいいか」

デュークが紙と木炭を出してきてくれた。晴斗は木炭を握りしめ、カリカリと音をさせてユアンの絵を描く。大きな体、背中に大きく走る傷跡——。

その絵を見て、デュークが息をついた。

「トッチもまったく同じ場所に、傷があった」

「あのっ、トッチは今、どこに？」

「傷が癒《い》えた頃、嵐《あらし》がきた。その日を境に姿が見えなくなってどうしたのだろうかと心配していた。それが一年二か月前だ」

「一年二か月前……ユアンが海岸線を彷徨っていたところを漁船に助けられて、サンサン水族館へ連れてこられた時と同じ……」

ロレンツがうーんと唸るような声を漏らす。

「それじゃあ、トッチがユアンなのかい？」

デュークが深く頷いた。

「たぶん、トッチはハルトのいる世界へ行ったのだろう。そこで救助されてユアンという名前をつけられた。トミーとトッチはとても仲がよく、それからトミーは川で遊ぶことが大好きになった」

晴斗はユアンの「トミーを助けて」という必死な声を思い出す。どうしてユアンがトミーのことを知っていたのか不思議だったけれど、ユアンがトッチなら、イルカ独特の能力でトミーの危機を知ったのかもしれない。そしてそばにいた晴斗に助けを求めたということも考えられる。

だからこそ、あの川のすぐ近くへ飛ばされたのかも……晴斗がそう考えていると、ロレンツが首を捻った。

「そうなら、そのトッチ……いやユアンかい？　そのユアンの力で用が済んだハルトくんは、元の世界へ戻れるんじゃないかな」

「それは……」

ユアンの声が聞こえたのは、ショーの途中と、こちらの世界へ飛ばされて意識が戻った後の二回だった。

「その時、僕はどうやって戻るのって聞いたけど、ユアンの声が小さくなってしまって……」

ロレンツは腕を組んで考えている。

「なんらかのアクシデントがあってハルトくんはこちらの世界へ置き去りにされてしまったのかな？」

「そ、そうですね……困りました」

「異世界へ戻る方法……私が王宮資料館へ行って文献を探してみる。ハルトは心配せずにこの屋敷で自由に過ごしてくれ」

デュークが言うと、ロレンツも微笑んで晴斗を見た。

「そうだね、俺は騎士団員ではないから王宮資料館を利用できないけれど、なんでも協力するからね。ハルトくん、俺も頼ってね」

「デュークさん、ロレンツさん……ありがとうございます」

ぐうううぅぅ――。安心したせいだろうか、お腹が大きな音で鳴ってしまった。

ロレンツが驚いている。

「す、すみません」

ぺこりと頭を下げ、晴斗は恥ずかしすぎて気を失いそうになる。デュークがすっと立ち上がった。

「そろそろ食事の用意ができている頃だ。食堂へ行こう」

「は、はい！」

食堂へ三人で入ると、カチャカチャと陶器が触れる音がして、大きなお盆を持ったマーサが厨房から料理を運んでいるところだった。白色のクロスがかかったテーブルにお皿が並べられていく。

「デューク様、お食事の用意ができましたわ。ロレンツさん、ハルトさんもどうぞ」

「ありがとうございます。たくさんのお料理が……」

色とりどりの料理を前にすると、お腹が空腹を思い出したかのように再びぐぅっと音を立てた。恥ずかしいのでお腹を押さえながら席につく。

テーブルの上に箸《はし》はなく、ナイフとフォーク、それに木匙《きさじ》がある。

「ハルト、遠慮なく食べてくれ」

「ありがとうございます、いただきます」

フォークを手に取り、真っ白な塊が載っている皿を見つめた。

「これは……塩ですか？」

「そうだ。魚の塩釜《しおがま》焼きだ」

食べ方がわからず戸惑っていると、魚を塩で包むようにしてかまどで焼いたものだと説明しながら、デュークがナイフで切り分けてくれた。

「んっ、美味しいです」

塩味が効いて魚も食べやすい。晴斗は夢中で頬張った。隣の深皿にはスープが注がれて、木匙ですくうと、たくさんの貝と野菜が入っている。これもあっさりした風味で美味だ。

「このスープ、貝の他にも人参やほうれん草、玉葱《たまねぎ》など野菜がいっぱい入ってますね。食べやすいし、食感もいいです。すごく美味しいです」

お茶を淹《い》れているマーサが嬉しそうに笑った。

「まあ、嬉しいですわ」

「ハルトくん、褒めすぎだよ。ねえ、デューク様」

「ロレンツさんのおかわりはありませんから」

「ちょっとマーサさん」

あわてているロレンツに晴斗もふふふと笑う。

——すごく美味しくて、楽しいなあ……。

こんなに楽しい食事は、両親と祖母が一度に亡くなった日から初めてで、胸の奥がジンと痺《しび》れたように疼いた。涙があふれてしまいそうで、あわてて目の前の料理に気持ちを集中させる。

「こっちのお皿の料理はなんでしょう？　見たことがないです……」

ぱくりとかぶりついて、晴斗は目を見開いた。小麦粉に焼いた南瓜《かぼちゃ》と卵がはさんであり、外側がぱりぱりで中はホクホクだ。

「これもすごく美味しいです」

異世界にもこんな美味しい料理があるんだと感動した。どれも素朴な素材の味が生きていて食べやすい。

「それでは、どうぞごゆっくり食べてくださいね。トミー様の分は別に用意してありますので、後でお部屋へお持ちします」

「ありがとう、マーサ」

お茶を置くと、マーサが笑顔で部屋を出ていった。

晴斗がパクパク食べるのを見て、デュークが表情を緩めた。

「ハルトは細いのに、よく食べる。それだけ空腹だったんだな」

「はい……」

早出だったので朝の六時に食パンを二枚食べただけだったことを思い出す。ロレンツが問うてきた。

「ハルトくん、いつも食事はどうしていたんです?」

「水族館の近くのアパートでひとり暮らしをしているので、自炊していました。と言っても朝はパンで、昼は水族館の中でお弁当を取ってました。夕食は作っていましたが、仕事で疲れている時はお惣菜《そうざい》を買ったり、外食したり……」

デュークもロレンツも優しい目をして話を聞いてくれる。

アパートや外食なんて言ってもわからないかもしれないと後で気づいたが、気持ちに寄り沿ってくれているような、そんな眼差しで頷いて話を聞いてくれている。

そのことが嬉しくて、切りのいいところまで話すと、今度は晴斗から質問した。

「デュークさんとロレンツさんのご家族のお話を聞かせてもらえますか？」

デュークはフォークを持つ手を止めて頷いたが、ロレンツは表情を強張らせてしまった。

「あ、すみません。あの……」

「いや、大丈夫だよハルトくん。えっと俺の実家は田舎で、弟と妹がたくさんいます。すごく賑《にぎ》やかなんですよ」

弟や妹とよく一緒に遊ぶというロレンツが、木製の人形を手作りしたことや、双六をみんなで楽しんでいることなど、遊びについていろいろ話してくれた。

じきにロレンツが入浴してくると言って席を立った。

晴斗は部屋にデュークと二人きりだと意識した途端、胸がざわめいて落ち着かない気持ちになってしまう。

「ハルト、私の家族のことを話そう」

「は、はい……！」

デュークは穏やかな眼差しを晴斗へ向けた。

「……私の両親は、半年ほど前から屋敷のことは私に任せて、二人でゆっくり大陸を巡る旅に出ている。父も母も苦労してきたから、ゆっくり旅を楽しんでもらいたいと思っている」

「ご夫婦で旅に出ていらっしゃるんですか。それは素敵ですね」

晴斗の両親も仲がよかった。生きていればきっと、二人で旅行やコンサートへ行き、楽しく過ごしただろう。もっといろいろと親孝行したかったと悔やまれる。

「どうした？」

「いいえ、僕の両親のことを考えてしまって……両親と母方の祖母は僕が小学生の時に事故で亡くなりました。それから父方の祖父母が育ててくれたんです」

「そうだったのか……」

重い空気を感じ、晴斗は明るく言う。

「デュークさんはお父さん似ですか？　それともお母さん似ですか？　僕は母に似ているんです」

晴斗も母も、茶色の髪と目をして、彫りが深い顔立ちをしていたのだ。

「私も母親似かな。ハルト、こっちへ来てくれ」

デュークに促され、食堂の奥の部屋へ入っていく。そこは落ち着いた雰囲気の小部屋で、青色の小花が描かれた壁面に、たくさんの金縁の肖像画が飾られている。

「この肖像画は、もしかして、ラルム家のみなさんですか？」

「そうだ。座ってくれ」

中央に大きな長椅子が置かれている。晴斗はデュークと並んで腰かけて絵を見つめた。

壁面の真ん中に飾ってあるのは、三十代くらいの金髪の男女とトミーによく似た少年の絵だ。小さな平屋の家の前で質素な服を着た三人が日差しを浴びて笑っている。

「私と両親だ。私が生まれた時、家は貧しかった」

「え？」

驚いた晴斗が食い入るように絵を見つめる。確かに少年は整った顔をして、デュークの面差しがある。

「この家は……？」

ずいぶん小さな小屋だ。薬草小屋だろうかと小首を傾げると、デュークが低い声で説明した。

「……ラルム家はこの国でも有数の名家として、莫大《ばくだい》な資産を有していたが、祖父の代ですべてを失った。祖父は遠縁にあたる若い女性に騙《だま》されて、所有していた土地の所有権が記載された文書と屋敷の所有権、そして金庫にあった有り金のすべて奪われてしまった。遠縁に当たるだけに、祖父はその女性を信用していた。ようやく騙されていたことに気づいた祖父が警吏に通報した頃、その女性は敵国ズローベルト国へ逃亡し、祖父は屋敷と所有地と大勢の使用人を一度に失った」

「ひどい……そんなことが」

「住むところも何もかも失った祖父母は、かつての執事の実家のある田舎で、農家として再出発した。十四、五歳だった私の父も懸命に農作業を手伝った。そうした生活が十年以上続いて——私が生まれた」

裕福なラルム家に生まれ育ったのだと思っていたが、違っていた。目を丸くしている晴斗に、デュークがふわりと微笑んだ。

「父は農作業を楽しみながら、騎士団に入るため懸命に勉強したそうだ。警吏が扱えない案件も騎士団なら関与できる。祖父を裏切ったあの女性を見つけ出したかったそうだが、騎士団に入るには多額の入団金と爵位がいる。貴族税が未納のため、爵位を凍結させられていたので、父は諦《あきら》めて試験だけで合格できる警吏部隊に入った。そして同じ警吏部で事務をしていた母と恋愛し、結婚して私が生まれた」

晴斗は改めて中央の肖像画を見つめた。夫婦が互いに信頼し合っている様子と、貧しい暮らしの中で子育てを中心に家族が努力している様子が絵から伝わってくる。

「この絵は私が五歳の時、夏祭りで村に絵師がやってきて描いてくれたものだ。王都では絵師はたくさんいるが、田舎には滅多に来ない。高い料金を支払ったが、描いてもらってよかったと両親は喜んでいた」

質素な服を着た親子三人の絵画をデュークは静かに見つめ、言葉を続ける。

「この絵を描いてもらった翌年、祖父を騙した女がこの国へ戻ってきた。ラルム家の屋敷と土地を売ろうとしたが、指名手配されていたため、警吏に捕縛された。すぐに地下牢《ちかろう》に入れられ——今も投獄中だ。盗られた現金はその女が敵国で散財し、戻ってこなかったが、彼女が祖父から騙し盗った屋敷と所有地はようやく戻ってきた。それがこの屋敷だ。父は未納だった貴族税を支払ってラルム家の爵位を復活させた。私が十八の年になるとラルム家当主の座を私に譲って、庭で母と好きな農作業を楽しんでいた。そして半年前から両親は大陸を縦断する旅に出て、楽しんでいるという手紙が時折届いている」

窓の外を見つめ、デュークは目を細める。

「私は六歳まで、農家の子供と同じように暮らしていた。友達とボール遊びをしたり、やんちゃをしたり楽しく過ごしたが、今は伯爵家としてこの町を治めている。町が活気づくように努力したおかげで、元のラルム家よりも多くの資産を得ることができた。私は……両親と祖父母を誇りに思っている」

「デュークさん……」

辛《つら》い環境を恨むことなく、晴れやかな笑顔で昔を語るデュークの横顔に、晴斗の胸がキュンと疼いた。眩しくてデュークを凝視できず、視線が泳いでしまう。

ふと部屋に入ってきた時から気になっていた、壁にかけられた大きな肖像画の女性に視線が吸い寄せられた。高級な真紅のドレスを着て微笑んでいる茶色の髪をした美しい女性だ。緑色の瞳がトミーにそっくりで、たぶんこの美女がデュークの妻だろうと晴斗は直観で理解した。

「あの……お美しい女性ですね、この方が……？」

「私の妻のアイリーンだ。三年前に亡くなった」

「——え？」

奥さんが亡くなっている？　晴斗は青ざめた。

「す、すみません、余計なことを訊いてしまって」

「謝ることはない」

デュークは絵をじっと見つめ、囁くように言った。

「トミーを生んだ後のアイリーンは産後の肥立ちが悪かった。医術師にかかっていたが、寒波が襲った真冬に風邪《かぜ》をこじらせてしまい、トミーを生んで半年後に肺炎で亡くなった。意識を失ったまま眠るような最期だった。妻を亡くした時は信じられず……本当に辛かった」

デュークの声はかすかに震えている、
こんなに若くてきれいなのに——まだ赤ん坊のトミーを置いて亡くなったアイリーンの心境を想うと不憫《ふびん》だった。

そして、一生をともに過ごそうと決意した女性に先立たれたデュークの哀しみを考えると、晴斗の胸は締めつけられるように痛み、言葉が出てこない。

唇を噛みしめ、「こちらの絵は？」と尋ねる。

アイリーンの絵画の下に、若い男女三人の肖像画が飾られている。アイリーンを中心にデュークともうひとり、精悍な顔つきの男性が一緒に描かれて、三人はとても親しそうだ。

「ロレンツさんではないですね……」

ロレンツは赤色の髪と目をして細身だが、その男性は青紫の長髪と黒色の瞳で、デュークと同じくらい逞しい体軀《たいく》をしている。

「アイリーンと私と、親友のデモールだ。彼は騎士団で一緒で、今は副団長をしている。よく三人で遊んだ」

優しい目をしてその絵を見つめているデュークにそっと声をかける。

「大切なお友達なんですね」

「ああ、彼はズローベルト国との国境警備を担当している。あまり会えないので、時々強く会いたいと思う。君にも友人がいるだろう？　連絡が取れなくて、心配しているだろうね」

深い意味はなく訊かれたのだと思うのに、返事ができなかった。

「と、友達は……」

「ハルト？」

急に表情を強張らせた晴斗に、デュークが驚いている。

あれは小学六年生の時だったろうか。両親が亡くなって父方の祖父母の家で暮らすようになった頃、晴斗は転校した小学校で、なかなか馴染めなかった。そして、授業でペアやグループを作る時、晴斗だけひとり残ってしまうことが続いた。

——誰か、立花くんをグループに入れてあげなさい。

先生の声に晴斗はうつむいたまま、顔を上げることができなかった。

あの時のことを思い出すたび、自分は必要とされない人間なのだと感じ、心の中に黒墨をぶちまけられたような暗い気持ちになってしまう。

「ハルト、顔色が悪いが、どうした？」

「あ……」

いつの間にか項垂れるようにして、膝の上に置いた手を色が白くなるほど強く握りしめていた。

「私の言葉が何か君を傷つけたのか？」

「い、いいえ、違います」

あわてて顔を上げ、強く首を左右に振る。彼は何も悪いことを言ってないのだと伝えなくては。

「すみません、僕、友達が少なくて、そのことを思い出して……デュークさんのせいじゃないんです」

「ハルト」

拳を握りしめていた晴斗の手に、デュークがそっと手を重ねてきた。

「トミーは君のことを慕っている。私もロレンツもマーサも、君の友達になりたいと思っている」

「デュークさん……」

大きくてあたたかな手から伝わる温もりとデュークの思いやりが、嬉しかった。

心の奥の深い部分を、見られたくないものを、彼の大きな手でそっとすくいとられたような気がして、今まで自分のことをこんなふうに他人に見せたことがなかった晴斗の強張っていた体から力が抜け、真っ黒で冷たかった胸の中に色が戻っていく。

「おいでハルト、君の部屋へ案内する」

デュークが立ち上がり、晴斗を手招きした。

「はい、デュークさん」

歩き出す彼に続いて、真紅の絨毯《じゅうたん》が敷かれた螺旋階段を上がっていく。

「私の部屋とトミーの部屋は二階の奥にある。君はこの客間を使ってくれ。斜め向かいがロレンツの部屋だ」

室内に入ると、クリーム色の壁と真っ白な天井のきれいな部屋に、天蓋《てんがい》付きの寝台や机、長椅子が置かれている。足元にはふかふかした緑色の絨毯が敷かれ、窓も大きくて過ごしやすそうだ。

「ありがとうございます。家賃とか食費とか、お支払いできなくてすみません」

お金も何も持たずにこの世界へ来たので、恐縮してしまう。日本円を持っていても使用できないから同じかもしれないが。デュークは優しく微笑んでくれた。

「何を言っている。ハルトは息子の命の恩人だ。何もいらない。遠慮なくいつまでもここへいてくれ」

「デュークさん……」

屋敷へ住まわせてくれたことはもちろん、歌を聞いて褒めてくれ、落ち込んでいることに気づいて手を握ってくれたことも嬉しかった。出会ったばかりで、ここまで真摯《しんし》に向き合ってくれた人は初めてだ。

じわじわと嬉しさと戸惑いと疼くような熱い気持ちが、胸が張り裂けそうなくらい大きくふくらんでいく。

「本当にありがとうございます、デュークさん……」

「——ハルト」

彼の大きな手に茶色の髪をくしゃくしゃと乱暴に撫でられて、ドクンと晴斗の鼓動が跳ねる。

「礼が多いぞ、ハルト。遠慮せず、我が家だと思ってくれればいい。それじゃあ、ゆっくり休んでくれ。お休み」

「……お、お休みなさい」

デュークが部屋を出ていくと、晴斗は静かな部屋の中にひとりになった。

小さく息をつくと、そっと寝台に横になる。深青色の天蓋がデュークの瞳の色を連想させ、じきに海を思い出し――水族館のプールが脳裏に浮かんだ。

「ユアン……聞こえる？　僕、間に合ったよ。トミーを助けたからね……」

声をかけるが、ユアンからの返事はない。静寂に包まれて、晴斗は拳で胸の辺りを摑んでつぶやく。

「水族館のショーの途中で消えちゃったから、みんな驚いたろうな……迷惑をかけてすみません」

前原先輩や中村先輩の顔を思い出す。じきにそれがトミーに変わり、ロレンツそしてデュークの穏やかな笑顔が次々に脳裏へ浮かんだ。

「デュークさん……穏やかで優しくて、心の広い人……」

騎士団員たちからも信頼され愛され、屋敷の人たちからも慕われている。友達のいない晴斗にも優しく接してくれた。あんなに周囲の人々を引きつけるデュークは、自分と正反対の人間だ。

「僕も、デュークさんのような人に、なれたらいいのに」

無理だとわかっているのに、口に出すと希望が小さく芽吹いた。

確かここはフィアル王国だと言っていた。飛ばされたばかりの時は怖いと思ったが、今は会う人が皆優しいと感じている。

「日本で誰か、僕のことを心配してくれているのかな……」

つぶやくと、熱い涙がぽつり、ぽつりと頬を伝った。

しゃくり上げると喉が震える。それでもいろいろとあって疲れていたのだろう、晴斗はふかふかとしたシーツに包まれて、いつの間にかぐっすり眠っていた——。

＊＊＊＊

デュークはハルトの部屋を出て、二階の奥にあるトミーの部屋に入った。

緑色を基調にした室内は、トミーが取りやすい位置に書架があり、多くの絵本が並べられている。その隣には玩具入れの大きな箱があり、トミーの好きな木製の騎士人形や玩具が並んでいる。

大きな窓のそばに子供用のベッドがあり、小さな両手を上げてくうくう寝息を立てているトミーの布団をそっとかけ直し、額に優しくキスを落とした。

トミーの部屋の向かいが、三年前まで妻と二人で過ごしたデュークの自室だ。

執務室は別にあるが、自室にも大きな机や長椅子、そして豪奢《ごうしゃ》な蠟燭《ろうそく》のシャンデリアと天蓋のついたベッドが鎮座している。

自室へ入るとデュークは、机の上の書類を手に取り、王宮からの報告書と会議用の書類に目を通し始める。

カリカリと音をさせてペンで必要な書類を作成し、定例会議の報告をまとめる。小一時間ほど経った頃、扉がノックされた。

「デューク様、俺です」

「ロレンツ？　入ってくれ」

「失礼します。すみません、まだお仕事をされていたのですね」

「いや、ちょうど終わったところだ」

ロレンツが長椅子に腰かけたので、デュークも書類を置き、向かい合うように座った。

今までもロレンツがデュークの部屋を訪れて話をすることは何度かあった。ロレンツは傭兵としての経験から国内外の情報に詳しく、話していて楽しいと感じている。しかし、こんな夜遅い時間の来訪は初めてだ。

「デューク様」

彼がすっと白い封筒を差し出した。

「これをお願いします。家族への手紙です」

当主であるデュークが屋敷内の手紙をまとめて集荷箱へ送る手続きをしているが、ロレンツは筆まめで、傭兵として雇った日から頻繁に実家へ手紙を出している。

デュークは家族思いのロレンツを見つめ、表情をほころばせた。

「わかった、切手を貼《は》って明日の便で集荷箱へ送るよ」

「いつもすみません。切手代金までお世話になってしまって」

「そんなことは構わない。確かロレンツのご家族はムロー村だったね。心配なことがあれば遠慮なく、いつでも家に帰ってくれていい」

「ありがとうございます。それから……デューク様へ少しお聞きしたいことがあります」

改まった口調に、デュークは眉を上げ、「どうした？」と問う。

「ハルトくんのことです」

「ハルトがどうかしたか？」

「傭兵としてトミー様の安全のために申し上げます。俺はハルトくんの素性がはっきりしていないのに、彼を屋敷へ泊めるのは……反対です」

「しかし、異世界から来たハルトは行く当てがない。私はハルトが元の世界へ戻れるまでずっと、ここにいてもらおうと思っている」

デュークがきっぱり言い切ると、いつも笑みを浮かべているロレンツが珍しく不機嫌な顔になった。

「その異世界から来たという話ですが、俺には信じ難いです。デューク様は信じているのですか？　大体、異世界なんて聞いたことがありません」

「傭兵として国内の様々な土地へ赴いてきたロレンツでも、異世界について聞いたことがないか？」

「はい、存じ上げません。ただ、ハルトくんが着ていた奇妙な長衣は、見たことのない生地で作られていましたね」

「ああ、丈夫で乾きも早い。あの生地は我が国にはない。他国でもないと思う」

「わかりませんよ、大陸の外にある国が送り込んできた間諜かもしれません。聞いた話も全部出まかせなのかも」

　デュークは目を閉じて首を横に振った。

「ハルトは人を騙せるような人間ではないと思う。間諜など務まらない」

　ぴくりとロレンツの眉が上がった。

「ずいぶん、ハルトくんのことを信頼しているんですね」

「ロレンツがあの場にいたら、きっと同じようにハルトのことを信頼したと思う。彼はトミーを救うため、水獣バールに立ち向かっていったんだ」

　ロレンツが苦笑して肩を竦めた。

「ただ水獣バールの恐ろしさを知らなかっただけでしょう」

「あの大きさと外見だ。バールと対峙すれば普通は逃げ出すか、足が竦んで動けなくなる。実際、あの場にいた私の部下たちもそうだった」

　ふふふ、とロレンツがおかしそうに笑った。

「それでよく騎士団員が務まりますね。爵位を持つ我が国のエリートが聞いて呆《あき》れます。ああ、デューク様の部下を悪く言うつもりはないのですが」

　ロレンツが騎士団員に対して辛辣《しんらつ》な発言をすることに慣れているデュークは、表情を変えずに頷いた。

「水獣バールは聖獣の中でも特別に気性が荒く、人間を寄せつけない。しかしハルトは違った。冷静に判断してトミーを助けに飛び込んだ。それに、不思議な雰囲気を持つ男だ」

「不思議というか、おどおどしてますよね、ハルトくん」

　確かにハルトは弱いところがある。友人の話をした時に心情を刺激してしまい、唇を噛みしめて懸命に涙を堪《こら》えていた。

　しかし、ロレンツの目にハルトを見くびるような、侮蔑めいた色が浮かんでいるのが見えた刹那、デュークは体が熱くなって無意識のうちに強い口調で言い返していた。

「ハルトは穏やかで心優しい性格だが、弱いということはないと思う。目から強い意志を感じる。きっと芯《しん》がしっかりしているのだろう」

　ロレンツが虚を衝《つ》かれたように目をまたたかせている。

「騎士団長で聖獣乗りのデューク様が、ずいぶん簡単に見知らぬ男を信頼なさるのですね。ハルトくんがトミー様の命を狙《ねら》っているかもしれないのに。以前トミー様が誘拐された事件をお忘れですか？」

デュークは落ち着いて首を横に振った。

「それならトミーを助けたりしないはずだ。それにハルトはそんな表裏がある人間ではない。根拠はないが、私は自分の人を見る目を信じている」

驚いたように眉を上げたロレンツが、目元を緩めて口角を上げた。

「——デューク様がそこまでおっしゃるのなら、俺もハルトくんを信じましょう」

「ああ……。そうだ、ロレンツに見てほしいものがある」

デュークは思い出して棚から小箱を取り出し、テーブルの上に置いた。

「なんですか、これは」

小箱の蓋《ふた》を開けると、ロレンツが眉根を寄せて中の黒色の封筒を見た。

「珍しい色の封筒ですね」

「読んでくれ」

封筒の中は短い文章の便箋《びんせん》が一枚だけ入っていた。便箋を広げたロレンツが小さく息を呑む。

そこにはいたずら書きのような乱れた筆跡で、『呪《のろ》われた子供は消える運命にある』と書かれている。

「呪われた子？　まさかこれは……」

「トミーのことを言っているのだろう。同じような手紙が、ひと月前にも届いている。これで二回目だ。いずれも差出人名は書かれておらず、配達人に尋ねてみても、地方の集荷箱の中へ直接入れてあった手紙なので、どんな人物が出したのかわからないと言われた」

「一体誰が？　ラルム家に何か恨みがあるのでしょうか」

「おそらく騎士団長の私への恨みから、こんな手紙を送ってくるのだろう。警吏へ報告して調査中だが、トミーが盗賊団に襲われたこととは無関係のようだ。過度に心配する必要はないが、一昨日《おととい》また手紙が届いたこともあって、君に話しておこうと思った」

「いつも以上にトミー様の安全に留意いたします」

「ああ、頼む。今日のようなひとりで家を出ていくことのないよう、私からも再度注意しておく」

　安全が第一ではあるが、まだ三歳のトミーを不安がらせたくはない。弟や妹が多くいるロレンツはその気持ちを理解してくれていて助かる。

「――アイリーン様ですね」

　ロレンツはデュークの机上に飾られたアイリーンの肖像画を見つめてつぶやいた。

「一階にも大きな肖像画が飾られていますが、本当にお美しい女性だ。さすがデューク様の奥様でいらっしゃる。以前から聞きたいと思っていましたが、どうやってお知り合いになったのですか？」

「アイリーンの父親も警吏部隊出身で父親同士の仲がよく、私たちは幼馴染みだった。そのため最初はアイリーンのことを妹のようにしか思えなかったが、結婚してからは妻として大切に想ってきた」

「デューク様、再婚はなさらないのですか？」

アイリーンが亡くなってから三年が経ち、他の貴族から山ほど縁談を勧められ、付き合いで出席した食事会や舞踏会では多くの女性から言い寄られているが、仕事が多忙なこともあり、デュークはまだそんな気持ちになれなかった。

「いや……再婚はまだ考えていない」

きっぱり答えると、ロレンツが朱色の双眸を細めた。

「奥様が亡くなって三年が経っています。そろそろ時期的にもよろしいでしょう——俺はどうです？」

「ロレンツ？　どう、とは？」

小首を傾げるデュークを見て、ロレンツが口角を上げた。

「気づいていないようですが、俺はデューク様のことを愛しています」

いきなりの告白に、デュークのアイスブルーの双眸が大きく見開かれる。

この国では同性婚が認められているが、まさか傭兵として雇っているロレンツから告白されるとは思っていなかった。

「……ロレンツ、冗談か？　それとも……」

「もちろん俺は本気です」

トミーの誘拐事件が起きた三か月前、ロレンツがラルム家を来訪した。噂《うわさ》を聞いてぜひ傭兵に雇ってくれと懇願した後、彼は自分が下町の貧しい家の出身だと言った。

爵位もない、財産もない貧乏傭兵だと正直に話してくれたことで、デュークはロレンツのことを信頼し、また、田舎で育った自分の幼少時代と重ねて親しみを覚え、傭兵に雇ったのだ。

ロレンツは兄妹がたくさんいるというだけあり、トミーへの接し方も上手で、実の弟のように可愛がってくれている。

——だが、ロレンツが私のことを……？

騎士団員の中にも同性愛者のカップルがいることは知っているし、同性婚が認められている国なので、デューク自身が部下や上司から告白された経験もあった。だから男から告白されたからということに驚きはなかった。

しかし、まさかロレンツから恋愛的な好意を向けられているとは、まったく気づかなかった。

改めてデュークは赤色の髪と瞳のロレンツに視線を向ける。均整の取れた体つきをして、顔立ちも整っている。女性に人気がありそうだが、彼はゲイなのだろうか。

「ロレンツは……同性愛者だったのか？」

「俺は女性と男性、両方とも愛することができるのですよ」

「そうか……」

生々しいイメージが脳裏をよぎり、思わず視線を泳がせるデュークに、ロレンツは微笑みをこぼす。

「デューク様は俺のことをどう思っていますか？　男の俺は恋愛対象になりませんか？」

上目遣いに見つめてくるロレンツの目から視線を逸《そ》らせ、デュークは逡巡《しゅんじゅん》する。

男が恋愛対象になるかと問われた瞬間、ふいに胸の奥に去来したのは、ハルトの静かな笑顔だった。思わず眉根を寄せると、ロレンツがデュークの顔を覗《のぞ》き込むようにして囁いた。

「騎士団員の中にも、同性愛者はいるでしょう？　遠征に行った時や勤務中に男性同士で性交し、互いに欲求を解消させているという噂を聞いていますよ」

「それはごく一部の話だ。あくまで遠征は国境の警備と窃盗団の捕縛が目的であって……」

ロレンツがデュークの腕を摑んだので、言葉が途切れた。そのまま腰を浮かせ耳元へ囁いてくる。

「わかっています。デューク様が我が国の歴代稀《まれ》な剣の腕を持つ騎士団長だということは。部下を大切に想い、家族を大事にしているあなただから惹《ひ》かれたんです」

「……ロレンツ、君の傭兵としての腕は買っているし、人間的にも信頼している」

「信頼より、俺を愛してくれると嬉しいのですが」

冗談のように言ったロレンツが、肩を竦ませた。一見して軽薄そうな雰囲気を纏っているのは、彼が貧しい家の出身であることと関係している気がする。おそらく同情されたくないのだろう。

沈黙が落ちると、ロレンツは苦笑して、長椅子から立ち上がった。

「ロレンツ……」

「心から愛しています、デューク様。俺は本気ですよ」

本気だと言っているが、彼からは熱い気持ちが伝わってこない。それに三か月もの間、この屋敷内で一緒に暮らしてきたが、ロレンツがこうした態度を取るのは初めてのことで、デュークは内心、戸惑っていた。

デュークは自分が恋愛に淡泊だと思っている。ラルム家が復活してすぐに親同士がアイリーンとの婚約を決めたこともあり、今までひとりの相手を強く求めたことなどなかった。恋愛面に関しては鈍感なところがあるのだ。だからか、ロレンツの気持ちがよくわからないし、こうして告白されても、ときめきを感じたりしない。

「デューク様……俺との結婚のこと、考えておいてくださいね」

そう言い置くと、ロレンツはドアを開けて部屋を出ていく。

「そうだ、デューク様……言い忘れたことが」

廊下に出たロレンツが声を落として振り返り、デュークを手招きした。

「どうした？」

向かい合うとロレンツの顔が近づいてきて、至近距離で目が合った。

彼も長身だが、デュークの方が背が高い。背伸びをするようにして、ロレンツが首に手を回してきた。

「ロレン……」

言葉を遮るように、唇が押しつけられた。驚いている隙《すき》をついて熱く濡れた舌が口の中へ入ってくる。

確かな意志を持った彼の舌が口腔《こうこう》内で蠢《うごめ》き、クチュリと濡れた水音が廊下に響く。デュークはロレンツの肩を押さえて一歩下がった。

唇を指先で辿るデュークを見つめ、ロレンツの顔に喜悦の笑みが浮かんだ。

「もしかしてデューク様、男とキスしたのは初めてですか？　嬉しいです」

「……ロレンツ……」

「それではデューク様、お休みなさい」

静かに踵《きびす》を返したロレンツの背中を見送ると、デュークは小さく息をつき、自室へ戻った。ゆっくりと窓を開けて漆黒の夜空を見上げ、濡れた唇をそっと嚙みしめる。

すぐに気持ちを切り替えるよう、首を横に振った。

「――そうだ、ハルトを異世界へ返す方法を……調べないと」

立ち上がり大きな書架の前に立つと、数冊の文献を引き抜き机上へ置いた。

彼は息子の命の恩人だ。できるだけ力になりたいと思っている。この中になければ、近いうちに王宮資料館へ行って、異世界へ戻す方法が書かれた文献を調べてみよう。あそこは莫大な数の文献が置いてあるからきっと見つかるだろう。

明るく振る舞おうとしているが、ハルトはニホンという故郷への戻り方がわからず不安になっているようだ。

「ハルト……」

無意識のうちにハルトの名をつぶやいた自分に気づき、デュークはわずかに目を瞠った。

文献を読むことに意識を集中させると、机上に置いたランタンの蠟燭が、ジジジと音を立てて小さく揺れた。

4

「ハルトさーん、朝食の時間ですよー、冷めちゃうから起きてくださーい！」

女性の声が扉の向こうで響き、バタバタと足音が遠ざかった。

「――うーん、もう朝……？　今週は早出当番だから、水族館へ急がないと……」

目を擦りながら、カーテンの隙間から差し込む日差しに薄っすら目を開けた晴斗は、見慣れない天井に驚いた。

「こ、ここはどこ？　それに今の声は……？」

飛び起きるようにして寝台から下り、窓にかかった天鵞絨《ビロード》のカーテンを開けると、針葉樹林や草原、深青色の山と舗装されていない道路……見慣れない景色が広がっていた。

窓を開けると風がさわさわと晴斗の髪を揺らし、馬の嘶《いなな》きが聞こえた。昨日デュークに屋敷を案内してもらった屋敷の中庭に馬舎《うまや》があったことを思い出した。

「そうだ、僕は異世界に来て……」

晴斗はぎゅっと自分の頬をつねってみた。

「あいた……っ」

やはり夢ではないのだ。改めて室内を見渡すと、細やかな刺繍がされたカバーがかかった長椅子の上に手紙が置かれていた。

手に取ってみると、象形文字のような記号の羅列が並び、まったく読むことができない。

「なんて書いてあるんだろう。あ、服が」

手紙の隣に衣服が置かれていることに気づいた。きっとこれに着替えろということだろう。

手触りのよいリネンで作られた長衣で色は藍色だ。同色のズボンもある。着てみると採寸したかのようにぴったりで、一緒に置いてあった山吹色のベルトを巻いて、部屋の中にある姿見の前でくるりと回ってみた。

「……似合っているかも。そうだ、すぐにお礼を言おう」

起こしに来てくれたのはきっとマーサさんだ。その時に服を持ってきてくれたのだろう。

晴斗は部屋を飛び出して螺旋階段を駆け下りた。

急ぎすぎて足を滑らせ、前のめりに階段を転げ落ちそうになってあわてた。手すりを掴んでなんとか転ばずに踏みとどまり、ほっと息をつく。

一階の食堂に入ると、木製の大きなテーブルの上に白色のクロスがかけられ、デュークが席についていた。

白色のシャツに藍色のズボン、金色のベルトの私服姿のデュークがふわりと微笑んで晴斗を見た。

「ハルト、おはよう。よく眠れたか？」

「デュークさん、おはようございます。ぐっすり休めました」

少しデュークの目が赤い気がするが、彼の爽《さわ》やかな笑顔に見惚れていると、ポンと背後から肩を叩かれた。

振り返ると、トミーを抱いたロレンツが笑顔で立っている。

「やあハルトくん」

「ハルトにーたん、おあよ！」

「おはようございます、ロレンツさん、トミー」

嬉しそうに晴斗にしがみついてくるトミーが可愛くて、やわらかな金髪をくしゃくしゃと掻き回すようにして撫でると、トミーの緑色の目がくすぐったそうに細くなる。

「トミー、体調はどう？」

昨日、川の中に入ったから、風邪をひいたりしてないかと心配で訊いてみると、トミーはにっこり笑った。

「ボクはだいどーぶ。げんきよー」

よかったと思っていると、厨房からマーサと、マーサより少し上くらいで五十代半ばの男性がトレイを持って現れた。その男はマーサと同じように太って、優しそうな目をしている。二人はテーブルの上に料理を並べていく。

「マーサさん、服をありがとうございます」

そばに行って晴斗が礼を言うと、マーサは恥ずかしそうに顔の前で手を振った。

「いいえー、よかった、サイズがぴったりですわね。末の娘と体形が似ているから思い出して作ったんです。洗い替えにもう数着作りますね。裁縫は得意なんですの」

「すごく動きやすくて、助かります。娘さんもこのお屋敷にいらっしゃるんですか？」

「末娘は昨年、隣町の果樹園で働いている人と結婚して、そちらにいます。三人の娘がいたのですが、全員嫁いで、今はあたしと料理を担当している夫の二人でデューク様にお世話になっているんですよ」

にっこり笑ったマーサの隣から、中年の男性が手を差し出した。

「初めまして。マーサの夫でサザムと申します。よろしくお願いします」

「ハルトです。こちらこそよろしくお願いします」

マーサとサザム夫妻の優しい瞳を見つめ返し、晴斗は笑顔で握手をした。

「それにしても、デューク様とロレンツさんとハルトさん……ラルム家は美丈夫ばかりですわね。トミー坊ちゃまもじきに美少年に成長されますでしょうし、楽しみですわ」

マーサが食堂を見渡してそうつぶやくと、晴斗はあわてた。

「デュークさんとロレンツさんはとても整った顔立ちをされていますが、僕は全然……」

「まあ、そんなことはありませんわ。ハルトさんはとてもきれいなお顔をなさっていますもの」

「……」

デュークとロレンツと比べると雲泥の差があると思うが、あまり否定しても悪いので、晴斗は黙って熱を帯びた頬をそっと伏せる。

「さあ、お待たせしました。どうぞ朝食を召し上がってくださいませ」

テーブルの上に湯気が出ている料理が並べられると、サザムとマーサが「それでは」と笑顔で一礼した。

若草色の長衣と黒色のズボンのロレンツがデュークの隣に座り、白いブラウスと水色の半ズボンを着たトミーがデュークの向かい側へ、トミーの隣にハルトが腰かけた。

「おなかペコペコ。いただきましゅ」

トミーが小さな手で木匙を握りしめ、カリフラワーときのこがたっぷりのスープをすくって、あむあむと小さな口で食べ始めた。

「あつい……ふうふう、んー、おいちー」

「たくさん食べて大きくなってくれ、トミー」

デュークが可愛くて仕方がないという目でトミーを見つめてつぶやいた。そうした父親としての一面を見せる彼に、晴斗は思わず笑顔になって見惚れてしまう。

「ハルトも遠慮なく食べてくれ」

「は、はい」

視線に気づいたのか、デュークに声をかけられ、晴斗はパンがいっぱい入った木籠に手を伸ばした。白くて丸いパンは、手でちぎるとふわふわして、生地の中に細かく刻んだ海老が練り込まれている。初めて食べる味だが、とても美味しい。

「ボク、これしゅき」

トミーが口の周りを汚しながら、あむあむと食べているのは、じゃが芋の上に薄く切ったチーズをのせて生卵を落として焼いたおかずだ。フォークで口に運ぶと、チーズの濃厚な風味とじゃが芋の食感が混ざり合い、半熟の卵がアクセントになって、ほっぺたが落ちそうになる。

「んっ、熱くて……チーズがとろけて……すごい……」

「おいちーでしょ」

はふはふと熱さを逃しながら、晴斗はトミーと笑顔を交わす。

長い指先で器用にナイフとフォークを使って食事をしているデュークが、そんな晴斗とトミーの食べっぷりに、目を細めている。

「ハルト、デザートは焼き青林檎だ」

「わ、あの皮がしぶい林檎ですか」

皮を剝いて焼き、粉砂糖が振りかけられている。しゃりしゃりと音をさせて咀嚼すると、砂糖が溶けて林檎のシロップがけのように甘くて美味しい。

「甘酸っぱくてさっぱりした味ですね」

夢中で食べていると、デュークがふと手を止めて晴斗に声をかけた。

「ハルト、私の部屋にある書架の中を調べてみたのだが、異界人を元の世界へ戻す方法が記載された文献は見つからなかった。王宮資料館へ調べに行くから、もう少し待っていてくれ」

ハッと晴斗は顔を上げる。

「デュークさん、今朝少し目が赤い気がしていたのですが、そのことを調べてくださって、寝不足なのですね。すみません」

「寝不足というほどじゃない。それよりハルト、私の目が赤いことによく気づいたな」

「そ、それは……な、なんとなく……」

デュークの顔を見た時にすぐに気づいたが、なんだか恥ずかしくてもごもご口ごもっていると、一拍置いてロレンツが尋ねてきた。

「ハルトくんは、恋人はいるのかい？」

「は、はい？」

声が上ずってしまった。ロレンツがパンを手でちぎりながら重ねて問う。

「突然ごめんね。ハルトくんの恋人ってどんな人かなって思って。なんだか年上とか好きそうだけど、違うかい？」

「えっと、あの……」

恋愛した経験がない晴斗は目をまたたかせた。

友人もいない、周囲から浮いてしまうような自分を好きになってくれる人なんて現れるのだろうかと不安に思っていることを、正直に話していいのだろうかと思って顔を上げると、デュークと目が合って心臓がドクリと嫌な音を立てた。

昨日、友達がいないことを彼に打ち明けたばかりだ。その上、恋愛経験もないと言うと呆れられるかもしれない。もしかすると晴斗の性格に問題があると思われるかもしれない。デュークに嫌われたくないという想いが込み上げ、晴斗はぐっと拳を握りしめた。

「えっと、こ、恋人はいます」

「やっぱり……！　ハルトくんはすごく優しいし、可愛い顔をしているからもてると思っていたよ」

嘘《うそ》をつくと喉の奥に黒い粘膜が張りついたような重い気持ちになり、明るいロレンツの言葉が辛くて、晴斗は唇を噛みしめた。

一度口に出すと、今さら正直に、誰とも付き合ったことがないと言えない雰囲気になり、ロレンツがしきりに詳しく訊いてきた。

「ハルトくんの恋人ってどんな方か訊いてもいいですか？　とても興味深いです」

「ど、どんな？」

頭の中で知り合いの女性をあわてて探すと、海獣班チーフの前原先輩の顔が浮かんだ。

「えっと……水族館の先輩と、付き合っていたんですが……年上で、しっかりした人です」

チクチクと胸が痛み、嘘を言ってごめんなさいと、心の中で謝罪する。

「やっぱり年上の女性か。ハルトくんは庇護《ひご》欲を刺激するからそうだと思ったよ。恋人もきっと心配しているだろうね。早く戻ってあげないと」

なぜかロレンツはデュークの方をちらちら見ながら話している。

「ああ、きっと心配しているだろう」

デュークは低い声音でそれだけ言った。晴斗は顔を上げることができず、うつむいたまま空になった料理の皿を見つめた。

食事が終わると、ぴょんと椅子を下りたトミーが晴斗の脚にしがみついた。

「ボク、ハルトにーたんといっしょにあそぶ」

「うん、遊ぼう、トミー。何がいいかな」

「えっと、かくれんぼ……ごほっ、ごほっ」

　トミーが咳き込むと、川に落ちたせいで風邪をひいたのかもしれないと晴斗は心配になる。

　デュークがトミーの額に手を当てた。

「少し熱っぽいようだ。たぶん風邪のひきかけだろう。薬草を飲んでおきなさい」

「おくしゅり、にがいから、や……」

　トミーがむぅっと顔をしかめ、ふるふると小さな頭を横に振ったが、デュークはすっと立ち上がり、厨房から薬草小屋へ行くと、薬草をすりおろしてかまどで煮立てたものを手早く作って持ってきた。

「やだぁー、うわーん、のみたくない」

「飲みなさい、トミー」

　椅子の下に隠れたトミーを、デュークがぐいっと膝の上に抱き上げる。頬を摑んで上を向かせると、薬草をすり潰したものを木匙で小さな口に入れた。仕方なくゴクンゴクンとトミーが薬湯を飲む。

「うぅ、にがい」

「いい子だ。さすが私の愛する息子だな」

　涙目になっているトミーの額に優しくキスをして、デュークがトミーを抱き上げた。

　見守っていた晴斗とロレンツも、薬を飲んだトミーにほっと安堵している。

「トミー、風邪気味だから今日は部屋の中で過ごした方がいい。わかっていると思うが、勝手に遊びに行ってはいけないよ」

「あい、パパ」

「……デューク様、あたしがトミー様についています」

「――ランか……。頼む」

「畏まりました」

ランというメイド服姿の若い娘が駆け寄り、頭を下げトミーと手を繋いだ。彼女がトミーのお世話係を兼務しているようだ。

「それでは、お部屋で絵本を読みましょう、トミー様」

「うん」

トミーがランと一緒に食堂を出ていくと、デュークがすっと立ち上がった。

「ハルト、私とロレンツは窃盗団の出没に備えて、領地内の見回りに行ってくる」

「窃盗団ですか？」

物騒な言葉に晴斗は驚いた。デュークが口元を引き締めて頷いた。

「ズローベルト国から雪崩《なだ》れ込んできた輩が窃盗団に加わり、最近、動きを活発化している。一斉捕縛へ向け、騎士団と警吏が協力してアジトを捜査しているところだ。統括している領地内の巡回へ行ってくる」

「わかりました。行ってらっしゃい。デュークさんもロレンツさんも、どうぞお気をつけて」

「ありがとう、ハルトくん、行ってきます」

二人が出ていくと、晴斗はトミーの部屋へ様子を見に行った。薬湯が効いたようで、トミーは落ち着いてメイドのランと絵本を読んでいる。

安心して厨房へ戻った晴斗は、マーサとサザム夫妻の手伝いをすることにした。

「マーサさん、サザムさん、僕もお手伝いします」

サザムが髭《ひげ》に囲まれた顔をほころばせた。

「それは助かるよ、ハルトさん」

「食器や鍋の洗い物は終わったから、昼餉《ひるげ》の支度を一緒にしてもらっていいかしら」

マーサの言葉に、晴斗は力強く頷いた。ひとり暮らしをしていたので、自炊もできるし、きっと足を引っ張らずにお手伝いできるはずだ。

厨房のかまどの灰を落としたサザムが、火打石を打ちつけて火を熾した。細木から中くらいの木を入れて火を安定させている。薪の用意を手伝った後、マーサが水を補充してくれと言うので、調理場にある貯水桶を手に中庭の井戸へ行き、桶の中をいっぱいにして戻ってきた。

「ハルトさん、手が空いたら、ブロッコリーとほうれん草を洗ってくださる？」

「はい、ついでに切っておきます」

大きな流しで野菜を洗うと、晴斗はトントンとリズミカルな音をさせて調理台で包丁で切った。マーサが目を丸くしている。

「あらハルトさん、なかなか手際がいいですわね……！」

「本当だ。すごいなハルトくんは。あ、すまんが野菜を切り終わったら、洗った皿を手巾で拭いてもらっていいかな？」

「わかりました、サザムさん」

野菜を切り終わると、洗って大きな木籠に伏せられていた皿をきゅっ、きゅっと拭いていく。

「ハルトさんが手伝ってくれたおかげですごく早く片付いたよ」

サザムがお茶を淹れてくれ、マーサと晴斗と三人で休憩する。晴斗は亡くなった両親や祖母と一緒に過ごしているような、あたたかな気持ちになった。

マーサがふと、思い出したようにつぶやいた。

「アイリーン様がお亡くなりになってから、もう三年が過ぎましたわね……デューク様はどうなさるおつもりかしら。再婚のお話が山のように届いているのだけど……」

「え、再婚……？」

思わず聞き返す晴斗に、マーサは深く頷いた。

「名家の若いご令嬢からの縁談が、ひっきりなしに届いているんですよ。デューク様はまだ三十二歳の男盛りですし、ラルム家といえば今や我が国の王宮筆頭貴族で、騎士団長の職務に就いていらっしゃる。その上あの美貌ですからね。それなのに、デューク様は片っ端から断っているんですよ」

「断っているのですか？」

「ええ……メイドのランにさり気なく尋ねてみたけれど、デューク様は彼女に手を出していないそうだし……当主が若いメイドと関係を持つことが多いのに、デューク様は誠実なお方だから」

「そ、そうなんですか」

デュークに再婚を考えている女性がいないとわかって、安堵が晴斗の胸に広がっていく。

──メイドさんにも何もしていないのか……。あれ、なんで僕、こんなにほっとしているんだろう。

そんな疑問がふと胸に湧き上がる。異世界に来てデュークと出会ってから、自分でもよくわからない感情に振り回されてしまっている。ふいにサザムが声を小さくした。

「ここだけの話だが──デューク様はロレンツさんといい雰囲気だと思うんだ」

「えっ、いい雰囲気……？」

カップを両手で持った晴斗が、小首を傾げた。

サザムがさらに声を落として、驚くことを言った。

「お二人がキスしていたんだ。こう、抱き合うようにして……昨夜《ゆうべ》、トミー様の様子を見に行った時に廊下で偶然見たんだが」

「……キス？　デュークさんとロレンツさんが？」

瞠目した晴斗のそばで、マーサがぱぁっと顔を輝かせて嬉しそうな声を上げる。

「まあ、なんてことでしょう、あのお二人が！　気がつきませんでしたわ」

「で、でも、ロレンツさんは男性だから……挨拶のキスとか……」

かすれた声で問う晴斗に、サザムが笑顔を向ける。

「昨夜見たあのキスは挨拶とかじゃなかったよ。恋人同士のキスだった。この国は同性婚が認められていて、騎士団の方々は特に多いんだ」

「……え……」

ドクン、ドクンと心臓の鼓動が大きくなり、乾いた唇を薄く開いた晴斗は、信じられない気持ちでマーサとサザムの会話を聞くことしかできない。

「ラルム家の跡取りはトミー様がいらっしゃるし、ロレンツさんが来てから、デューク様はとても明るくなりましたもの。デューク様の哀しみを癒《いや》してくれる方なら男同士でもなんら問題ないですわ」

嬉しそうに話すマーサの声が遠ざかっていく。

日本では認められていなかったが、北欧や欧米をはじめ同性婚を認知する国が増えていると何かで読んだことがある。それでも、晴斗の心の中は混乱していた。

「デュークさんとロレンツさんが……」

声にならないつぶやきを落とすと、足元が崩れ落ちるような感覚に奥歯を食いしばる。

次の瞬間、耳障りな音を立てて、晴斗の手から滑り落ちたカップが床で粉々に砕けてしまった。

「あっ、す、すみません」

あわててしゃがみ込み、カップの破片を拾おうとすると、マーサが止めた。

「ハルトさん、手を切るといけないから、悪いけれど箒《ほうき》を持ってきて」

「は、はい」

厨房の外にある道具入れの中から箒を取り出し、割れたカップを片付けた。

「すみませんでした」

ぺこりと頭を下げると、晴斗の背中にマーサがそっと手を置いた。

「失敗は誰にでもあるわ。そんなに落ち込まないで」

「そうだよ、昼餉の支度まで手伝ってくれて、本当にありがとう。助かったよ、ハルトさん」

サザムも笑顔でそう言ってくれ、晴斗はほっとしながら、厨房を後にした。そのまま廊下を歩いて中庭へ出る。

――デュークさんとロレンツさんが……。

頭の中はそのことでいっぱいだった。

――二人とも優しく穏やかで背が高くて容姿も優れていて……お似合いだ……。

そう思うのに、深く暗い穴の中へ落ちていくような気持ちに包まれてしまう。

中庭の木々や花を揺らして風が吹き抜け、晴斗は目を細めて青空を見上げた。

澄んだアイスブルーの空はデュークの双眸を思い出させ、泣いてしまいそうになった。

「僕は……もうすぐ日本へ帰るんだ。だから……」

深呼吸すると晴斗は勢いよく駆け出した。中庭を突き抜けて屋敷の裏手に回ると、草原が広がっている。特に行くあてはなかったが、走っていると頭の中が真っ白になって余計なことを考えずに済む。晴斗は草原を走った。

日差しは強いが吹く風はひんやりとして気持ちいい。自然の中を走っているうちに色とりどりの花が視界に入ってきて、ふと足を止めた。野生の花だろうか。見たことのない虹色の花が山の麓にたくさん咲いていていてとてもきれいだ。

美しい花を見ていると気持ちが落ち着いてきて、ゆっくりと草原を抜けて小高い丘の方へ歩いていく。

「あ……」

丘の上にデュークとロレンツの二人がいた。思わず晴斗の足が止まる。

デュークが黒馬の手綱を持ち、二人は立ったまま談笑している。馬が一頭ということは二人で乗っていたのだろう。仲睦《なかむつ》まじい二人の姿に、心臓が捻じ曲げられるような疼痛《とうつう》が走った。

「お似合いだ。本当に……」

二人はタイプが違う美形で、凛々しく美麗なデュークと艶《あで》やかで蠱惑《こわく》的なロレンツが寄り添って話している姿は美しい神話のように絵になっている。

二人の邪魔をしないようにそっと屋敷へ帰ろうと踵を返したところで、こちらに気づいたデュークの声が響いた。

「ハルト――」

振り返ると、デュークが片手を上げてくれた。

「デュークさん……」

ロレンツもこちらに笑顔で手を振っている。何やら二人が顔を見合わせて会話し、ロレンツが黒馬の前に乗り、デュークがその背後に乗って手綱を持つと、こちらに駆けてきた。

晴斗の前で黒馬が止まり、ひらりとデュークとロレンツがそれぞれ飛び降りた。

「ハルトくん、散歩ですか？」

「はい、デュークさん、ロレンツさん、見回りご苦労様です」

胸の疼きを振り切るように、晴斗は二人に笑顔を返す。

「ハルト、なんだか様子がおかしい。体調が悪いのか？」

小首を傾げ、顔を覗き込んでくるデュークに、あわてて後じさる。

「な、なんでもありません。えっと、僕……」

足元の小石につまずき、「うわ」と声を上げて後ろへ転倒した晴斗は、ずさっと砂埃を上げて尻もちをついてしまった。

「大丈夫か？」

デュークが手を引っ張って立たせてくれた。

「すみません……」

「意外とそそっかしいんだね、ハルトくんは。まるで子供みたいだ」

ロレンツが苦笑している。

「き、気をつけます」

起き上がった晴斗は、砂埃で白くなったマーサが作ってくれた服をはたく。

――すみません、マーサさん。

なんだか自分がとてもダメな人間だと感じられ、みじめな気持ちが胸中に広がっていく。

「ハルト、先ほどから元気がない。どうした？　何かあれば相談してくれ」

「な、なんでもないです……」

「それなら元気を出せ」

デュークが少し笑って、ぴんっと晴斗のこめかみ辺りを指で弾いた。たったそれだけのことで一気に目頭が熱くなってしまった。あわてて顔をしかめて涙を堪える。

「み、見回りの時は、ノアールを呼ばないのですか？」

晴斗が話を変えると、黒馬の背を撫でながらデュークが頷いた。

「また水獣バールが出てくるかもしれないから、川の周囲は馬で回った。これから聖獣たちを呼んで遠方を見てくるところだ」

デュークが言った聖獣たちという言葉に、晴斗はハッと顔を上げる。

「も、もしかして、ロレンツさんも聖獣に……？」

「驚いたようですね。そうなんですよ。俺は騎獣ウォルを操る聖獣乗りなんです」

「……」

――ロレンツもデュークと同じ聖獣乗りだった。

美形で長身で聖獣乗り。二人と自分の違いに晴斗が言葉を失くしていると、ロレンツが指笛を吹いた。

風に乗って高い音が遠くまで運ばれていく。音が止むと、じきに何かが砂埃を上げてこちらへ駆けてきた。

深山から姿を現し、小高い丘を駆け下りてきたのは、大きさは普通の馬の倍以上ある、二つの頭部を持つ緋色の双頭馬だ。

長い首を持つ双頭が、それぞれ左右から覗き込むように晴斗を睨んでいる。片方の頭の目は金色でもう片方は銀色だ。両方の頭部の額部分に、白色の角が二本ずつ生えている。

「あ……」

「紹介します、ハルトくん。俺の相棒、騎獣ウォルです」

巨大な頭が二つある馬が目の前に現れて、その気迫にじりっと後じさりする晴斗の方を見てロレンツが薄っすらと笑い、視線をウォルに移して声をかけた。

「やあウォル、おはよう。いい天気だね」

『ロレンツ、オハヨウ』

金色の目の頭が応え、銀色の目の頭が『朝カラ何ノ用ダ？』と訊いている。

「……すごい、ロレンツさんも聖獣と会話している」

思わずつぶやくと、ロレンツがふふふと笑った。

「俺の相棒だから、当然会話できますよ」

『ソレデ、ドコヘ行クノダ、ロレンツ』

「領地内の偵察で、ミュルー峠周辺を見たいのです。お願いします、ウォル」

『ワカッタ』

『マカセロ』

双頭馬がロレンツの前に身を屈《かが》めると、彼はひらりと飛び乗る。赤色の毛並みが美しく、ロレンツが乗るとすぐに大きく嘶いた。手綱を手にロレンツがこちらを振り返った。

「先に行ってます、デューク様。見回りが終わったらノアールを呼んで、ウォルとともに草原を思い切り駆けさせましょう」

「ああ、ノアールも喜ぶだろう」

「それじゃあ」

勢いよく駆け出していくロレンツを晴斗は眩しそうに見つめた。

「すごい……ロレンツさん……聖獣に乗ってる……」

砂埃を上げて小さくなっていく後ろ姿をうらやましい気持ちで見つめていると、デュークがこちらを見た。

「この国では、聖獣乗りは尊敬され、重宝される。多くの人がなりたがるが、聖獣を操る技は簡単に会得できるものではなく、資質が大きく影響する。騎士団員たちも訓練しているが難しい。ロレンツに爵位があれば、騎士団で活躍できるのだが……」

「そうですか……」

ロレンツは庶民のようだ。貴重な聖獣乗りなのだから、爵位なんてなくても騎士団に入れたらいいのにと晴斗は思った。

ロレンツの後ろ姿が小さくなると、デュークが青色の双眸を晴斗に向けた。

「ハルトがいた世界に、馬はいたのか？」

「え？　はい。日本にも馬はいましたが、僕は乗ったことはないんです」

「見せたいものがある。黒馬に乗ってくれ」

デュークが手綱を持っているのは、黒毛の立派な馬で、艶やかな毛並みとしなやかな肢体をしている。

軽々と鐙《あぶみ》に足を乗せ、デュークが馬の背に乗った。

「ハルト、手を」

「は、はい」

大きな手を差し出されて、おずおずと摑むと、それだけで鼓動が跳ねてしまう。

引っ張り上げられて、二人乗り用の鞍《くら》の前部に座った。晴斗の茶色の髪が風になぶられる。

「あ、と、と、わ……」

「ハルト、しっかり鞍を持って、背筋を伸ばしてくれ」

「し、視線が高いですね。気持ちいいです。景色が全然違って見えます」

「そうか――さあ、駆けるから、しっかり摑まっていてくれ」

「はい！」

デュークが手綱を引いて合図すると黒馬が高く嘶き、走り出した。目の前をものすごい勢いで過ぎていく景色に、晴斗は息を呑む。速くて目を開けておくのがやっとで、ふと、光る水面を視界の端に捕らえ、横を向いた途端、体が傾いた。

「うわ……っ」

思わず鞍から手を離してしまい、体がふわりと浮いた。ひやっと背中が冷たくなる。

「ハルト！」

落ちそうになった晴斗を、背後からデュークが咄嗟に抱き留めてくれた。

「た、助かった……落ちるかと……」

心臓がものすごい勢いで早鐘を打ち、汗がどっと噴き出す。

そっと背後を見ると、デュークの端整な顔が険を孕《はら》み、眉根を寄せていた。

「ノアールに乗った時もそうだが、君はよくバランスを崩す。身を乗り出さないようにしてくれ」

「はい、すみません」

迷惑をかけて怒らせてしまったと肩を落とすと、デュークが小さく笑った。

「そう落ち込むな。ハルトは表情がくるくると変わっておもしろい。気持ちが手に取るようにわかる。そういうところが可愛い」

「え……？」

驚く晴斗にデュークは小さく咳払いをした。

「とにかく、横を見て身を乗り出さないようにしてくれ」

「わかりました」

デュークが黒馬の腹を蹴り、スピードを上げた。

ごっと耳をなぶる風の音が強くなり、息ができなくなる。

「は、速いです。あの……っ」

「これでも速度は落としている。このまま私にしっかり摑まっていれば大丈夫だ」

デュークは片手で手綱を持ち、空いている手で晴斗の腰をぐっと引き寄せた。引き締まったデュークの硬い体を背中に感じ、堪えようもなく全身が熱くなる。

「あっ、あの……」

「じっとしてろと言ったはずだ。もぞもぞ動くな、ハルト」

「す、すみません」

心臓の音が彼に聞こえるんじゃないかと不安になるほどドキドキと高鳴っているのは、目の前をものすごい勢いで過ぎていく景色に怖気づいているからだけではない。

彼ががっしりと包み込むようにして手綱を握ってくれているので、落ちることはないと信じている。それなのに、胸の奥が疼くような、切ない気持ちになるのは……。

「ハルト、見ろ、きれいだろう」

ようやく馬が止まり、デュークに声をかけられて晴斗は周囲を見渡した。小高い丘の上に来たようで、日の光を浴びた原色の花々が咲き乱れ、その後ろには深青色の山が聳え、日差しを反射する海が静かに広がり、得も言われぬ美しさだ。

「すごくきれいです……！　あの海の辺り、日本の……故郷を思い出します。家族で住んでいたのも海の近くでした。レストランをして……」

日本で、まだ両親と祖母と暮らしていた一番幸せだった日々を思い出し、胸がいっぱいになった。

「ニホンか……」

「はい――」

その気持ちが顔に出てしまったのか、デュークが励ますように言う。

「ハルト、今日は騎士団の会合があり、王宮へ行く。その時に王宮資料館で異世界から来た者に関する文献を調べてみる。すぐに見つかるかわからないが、君が早く元の世界へ戻れるように協力したい」

「ありがとうございます」

「ここは私の好きな場所だ。この風景をハルトに見せたかった」

優しい言葉にまたしても胸の鼓動が大きく跳ねてしまう。深い意味などなく、優しいデュークは異世界から来た晴斗に喜んでもらおうと思っただけだろう。それなのに、こんなに胸が切なく痺れてしまうなんて、本当に心臓に悪い人だ。

端整な顔を見つめていると、視線に気づいてデュークがゆっくりと晴斗を見つめ返した。青空のような神秘的なアイスブルーの双眸から視線を逸らすことができず、鼓動が高鳴り、周囲の風景が消えて、世界に二人だけのような不思議な感覚に包まれた。

直後、声が響いた。

「デューク様」

峠の近くをウォルと偵察に出かけたロレンツが、大きな声を上げてこちらへ手を振っている。

「見回りが終わりました。ノアールも一緒に走りませんか——？」

「ああ、少し待っていてくれ」

デュークは晴斗を乗せたまま、馬で一旦屋敷まで戻ると、指笛を吹いた。高く低く、交互に鳴らすと、じきに空に空獣ノアールが現れ、真っ直ぐにデュークのもとへ下りてくる。

黒馬を馬舎へ戻したデュークがノアールに近づいた。

「ノアール、ロレンツとウォルがミュルー峠の麓にいる」

『ウォルガ……ワカッタ、行コウ、デューク』

身を低くして翼を広げたノアールの背にデュークが飛び乗り、革紐を摑んで晴斗の方へ手を伸ばした。

「ハルトもおいで」

彼の手を摑むと、ぐっと体を持ち上げられ、すぐに革紐で固定される。

「ノアール、行ってくれ」

『了解ダ』

バサバサッと翼を羽ばたかせながら、ノアールが飛び立った。ぐんと浮上する感覚に気持ちが湧き立つ。空を飛ぶのはとても気持ちいい。

「あ、でもデュークさん……聖獣同士は仲が悪いんじゃないのですか？」

水獣バールと空獣ノアールの様子を思い出して訊いてみると、彼は小さく微笑んだ。

「大丈夫だ。ノアールとウォルは何度も一緒に行動している」

「そうですか……」

二人が親しいから、聖獣たちも一緒にいることに慣れて仲がいいのだろう。ズキンと胸が痛む。

じきにノアールが高度を下げ、峠の麓にいる騎獣ウォルに近づくと、ロレンツが満面の笑みを浮かべた。

「デューク様！　ハルトも……」

「ロレンツ――ミュルー峠付近の見回りはどうだった？」

「異常ありませんでした。予定より早く終わったので、ウォルとノアールを駆けさせたくなったんです」

「ああ。ノアールもウォルと走れるのが嬉しいようだ」

二人の息の合った様子を見つめている晴斗は、ちくちくと胸の奥が痛み続ける。

――デュークさんとロレンツさんが恋人同士のキスを……。

その場面を考えると、痺れるように胸が引き絞られる。

「ハルト、革紐から手を離してはいけない」

「は、はい。すみません」

「どうした、また何か落ち込んでいるようだな。ほら、元気を出せ」

くしゃくしゃと晴斗の髪を掻き回し、デュークが優しく笑った。

「さあ、行こうノアール」

デュークが覆いかぶさるように、背後から手を回してくれる。

彼がそばにいるだけで、なんだか体が熱くなる。恥ずかしくて居心地が悪くて、逃げ出したいのに、このままそばにいたいと思ってしまう。

それなのに、目の前のデュークとロレンツを見ると鉛を飲み込んだような暗い気持ちが胸の奥に広がっていくのだ。

――なんだろう、この気持ちは。

初めて経験する気持ちに戸惑いながらふと息を吐くと、ノアールが大きな翼を広げ、羽ばたかせた。風が晴斗の髪を躍らせ、やがて大空へ舞い上がる。

真っ青な空を泳ぐように飛ぶノアールがウォルの姿を見つけ、降下し始めると、デュークの声が頭上から落ちてきた。

「ハルト、しっかり摑まっていてくれ」

「はい、デュークさん」

じきにウォルに近づくと、ノアールとウォルは「グアァァ」と互いに唸り声のような挨拶を交わした。

ロレンツが操るウォルが気持ちよさそうに草原を走り、その頭上をデュークと晴斗が騎乗したノアールが飛んでいる。

聖獣が織りなす壮大な景色を見ていると、もやもやした気持ちがいつの間にか溶けるように小さくなった。

「聖獣ってすごい……！　デュークさんもロレンツさんも……すごいです……」

やわらかな日差しに包まれて、それぞれ自由に陸と空を駆ける騎獣ウォルと空獣ノアールを見つめ、晴斗は感嘆のため息をこぼした。

5

数日が経ち、こちらの世界の生活にも少しずつ慣れてきた。風が緩やかにラルム邸の庭の木々を揺らし、日差しが幾分やわらかな朝、晴斗は貯水桶《おけ》の水で手と顔を洗い、居間へ入った。

「――おはようございます」

長椅子《ながいす》で書類を読んでいたデュークへ挨拶《あいさつ》すると、彼は書類から顔を上げた。

「おはよう、ハルト。資料館の文献の件だが……」

「あ、何かわかりましたか？」

デュークがすっと視線を下げた。

「いや……資料館は王宮図書室より小規模で、なかなか見つからなかった。もう少し待ってくれ」

デュークは異世界へ戻る方法が記載された文献をあちこち探しに行ってくれているが、まだ見つかっていない。

「わかりました。お手数をおかけしてすみません……」

戻る方法がわからないと言われるたび、心の中で安心したような気持ちが芽生える晴斗は、騎士団長として多忙な中、調べてくれているデュークに悪い気がして、自分の長衣の胸の辺りをぎゅっと摑《つか》んだ。

「おあよー、パパ、ハルトにーたん」

「おはようございます」

扉が開き、ロレンツがトミーと一緒に入ってきた。

パタパタと足音が聞こえてきて、マーサが手紙の束を持ってきた。

「皆様、おはようございます。デューク様とロレンツさんにお手紙が届いていますわ」

「ありがとう――」

ロレンツが手紙の封を切る。じきに小さく息をついた。

「デューク様、母から手紙が……」

「うん？」

ロレンツが赤毛を搔《か》き上げながら、低い声音で言った。

「末妹のエレナが熱を出していたようです。やっと平熱まで下がったと……俺に会いたがっているようなので、今度デューク様のお仕事が休みの時に、実家に戻ってきてよろしいですか？」

「もちろんだ。すぐに戻ってくれ。妹さんが安心するまで、何日でも遠慮なく泊まってきてくれればいい」

「エレナは腎臓が悪いので、よく熱を出すのです。もう熱が下がったようなので、急いで帰る必要はありません。また後日、帰省させていただきます。デューク様……お優しい言葉をありがとうございます。まったくエレナは心配ばかりかけて……」

手紙を握りしめているロレンツの目に安堵《あんど》の涙が浮かんでいるのを見て、晴斗はロレンツが家族思いであることを改めて知った。

「ロレンツにーたんの、いもうとしゃん？」

トミーが緑色の目をまたたかせて問うと、ロレンツが優しく微笑《ほほえ》んだ。

「そうです。俺には弟が三人、妹が二人いるんです」

「ご実家は近くなんですか？」

晴斗が訊《き》くと、ロレンツは顔をこちらへ向けて小さく首を横に振った。

「少し遠いですが、実家は山を越えた南部のムロー村で、両親は農家をしています。父が病気がちで医術師にかかっているので治療代がかさみ、俺が傭兵《ようへい》になったんです」

「そうですか……」

「――ロレンツ、これを見てくれ」

デューク宛てに届いた手紙は二通で、差出人を確認していた彼は、黒色の封筒を手に渋面になってロレンツを呼んだ。

「どうしたんですか、デューク様」

「例の手紙だ」

ポケットからナイフを取り出して封を切ったデュークがロレンツへその手紙を手渡した。

手紙を読み終えたロレンツが目でデュークに合図を送り、頷《うなず》き合っている。

——なんの手紙だろう。

こちらの世界の字は読めないので仕方がないのだが、親しげなデュークとロレンツの様子を見ると、疎外感を覚えてしまう。

「デューク様、そちらの手紙は？」

ロレンツはもう一通の、剣と盾の紋様が押された封書を見て訊いた。

デュークがゆっくりと開封し、ざっと目を通した。

「……その封筒の紋様は騎士団のものですね」

ロレンツが指摘すると、デュークは深く頷いた。

「私の部下のコーディ分隊長からだ。ハルトへ協力要請……水獣バール乗りの訓練を受けてほしいと書いてきている」

「えっ、僕ですか？」

驚いた晴斗に、デュークが手紙を読み上げてくれる。トミーを助けるために水獣バールに近づいた晴斗のことを騎士団員たちから聞き、晴斗にぜひ水獣バール乗りになってほしい、そのために全力で応援すると書かれてあった。

「水獣バールは聖獣の中でも最大級の大きさを持つ聖獣だ。いたずら好きで、最近は淡水にまで入り込んで畑を荒らしたり、トミーの時のように子供を水中に連れ込んだりしている。幸い怪我《けが》人は出ていないが……。聖獣は相棒を見つけると成長し思慮深くなるが、パートナーがいなくなったり単独のままでいたりすると、気性が荒く乱暴になってしまう。水獣バールはずっと昔、コーディ分隊長の祖父と組んでいた時期があった。しかしその人が亡くなってからは十年以上、誰《だれ》とも組んでいない。孫のコーディでさえ、まったく駄目だった。水獣バールのいたずらは日増しに酷《ひど》さを増している。パートナーになれる人間を探しているところだ」

　初めてトミーと会った時、水獣バールはトミーを摑んだまま川の中へ入ったり、頭上に載せたりした。一歩間違えばトミーは溺《おぼ》れていた。確かにいたずらにしては酷すぎる。

「あの時のハルトの素晴らしい泳ぎを見た団員が、コーディ分隊長にハルトを推薦したようだな。聖獣は一対一が基本で、聖獣のパートナーがいる間、他の聖獣を操ることはできない」

　そういう枠があることを晴斗は初めて知った。デュークやロレンツは聖獣のパートナーがいるため、水獣バールに乗れないのだ。

「それで僕に……？　あの、聖獣のパートナーは、訓練しだいでなれるのでしょうか？」

デュークは腕を組んで考え、じきに小さく首を左右に振った。

「訓練してもなれない場合が多い。水獣バールに乗ろうと、騎士団から多くの者が試したが無理だった」

「鍛えている騎士団員の方が無理なのに、僕のような異世界から来た者で大丈夫なのでしょうか。もしできたとしても、そのうち僕は異世界へ戻ってしまうかも……」

巨大な竜のような水獣バールを思い出してそうつぶやくと、デュークが小さく微笑んだ。

「やってみなければわからない。聖獣との相性が大きいと私は思う。ハルトは異世界へ戻ってしまうが、その短い間だけでも構わない」

「……あ……」

デュークに異世界へ戻ると断言された直後、胸の中に靄《もや》のようなものが急速に広がっていく。

「僕は……」

——帰りたくない、と心の中で誰かの声が聞こえた。それは晴斗自身の心の声かもしれない。

ここでトミーやロレンツやマーサたち、それに誰よりもデュークのそばにいたいと強く感じている。そんな自分の気持ちに気づき、晴斗自身、瞠目《どうもく》した。

両親が亡くなってから、周囲の人に嫌われるのが怖くて、晴斗は空気のように生きてきた。浅い関係のままでいいと、淡々と過ごしてきたのに、なぜ今になってこんな気持ちを抱くのだろう。

「ハルト？」

「な、なんでもありません」

唇を噛《か》みしめ、ゆっくりとデュークを見上げる。彼は晴斗が異世界へ戻る方法を、懸命に探してくれているのだ。

「短期間でもパートナーができることに意義がある。ハルトはどうしたい？　断ることももちろんできるが、元の世界に戻るまでの間でも、バールを操れるように訓練してみないか？」

デュークの声音は穏やかで、そのことがさらに晴斗の胸中を暗く塗り変えた。

トミーが「いやっ」と大きな声を出し、晴斗の脚にしがみつく。

「ボク、ハルトにーたんと、ずっといっしょ……！」

「トミー、ハルトは元の世界に大切な人がたくさんいるんだよ」

デュークがポンと優しくトミーの頭に手を置いてそう言った。

「でも……」

トミーがしゅんと項垂《うなだ》れている。一方、ロレンツがにっこり微笑んで晴斗を見た。

「俺もハルトくんを早く元の世界へ返したいと思っています。その方法がわかるまでの間でもいいので、水獣バールのことを考えてくれませんか？　領民もバールのいたずらに困っています。先月も、海岸沿いの家が農作物をバールに台無しにされましたし、小さな子供が川に引きずり込まれた被害がありましたから」

それは大変だと思い、晴斗は真っ直《す》ぐに顔を上げた。

「僕にできるでしょうか」

「私はハルトならバールのパートナーになれる気がする」

デュークは眩《まぶ》しいような眼差《まなざ》しで晴斗を見た。

「そうだね、ハルトくんならやってくれそうだ。トミー様も一緒に応援してあげましょうね」

ロレンツも微笑みを深くしている。

「デュークさん、ロレンツさん……ありがとうございます」

つぶやいた晴斗の脳裏に、聖獣乗りとして生き生きと過ごすデュークとロレンツの姿が蘇《よみがえ》った。颯爽《さっそう》と大地を駆けるウォルと、大空を舞うノアール。そして互いを見つめ合うデュークとロレンツ……。

ぴりっと指先が震えた。自分もそこへ入りたいという気持ちが湧《わ》き上がってくる。

「できるかわかりませんが……やってみたいです」

領民が困っていると聞くと胸が痛む。それにお世話になっているデュークへの恩返しにもなるのだろう。少しでもこちらの世界の力になりたいと思った。

トミーがぷぅっと頬《ほお》をふくらませた。

「トミー、それはまだ先の話だ。それにハルトは黙っていなくなったりしない」

「ハルトにーたん、たよなら、ちない……っ」

「ほんと？」

晴斗が深く頷くと、トミーはようやく笑顔になって「ハルトにーたん、しゅき」と甘えるように両手を伸ばした。

小さくてやわらかな体を強く抱きしめると、また帰りたくないという声が胸の奥から聞こえてきて、切なさに包まれた。


翌朝、マーサとサザムが用意してくれた朝食を食べ終わると、晴斗はバールに乗るための訓練に出かけることになった。

デュークが手紙をくれたコーディ分隊長へ連絡し、海岸沿いの洞窟《どうくつ》で待ち合わせることになったのだ。

その洞窟まで馬で行くことになったが、晴斗はまだひとりで馬に乗れないので、黒馬に二人用の鞍《くら》をつけて、デュークが王宮へ行く前に送ってくれることになった。

中庭のところまで、トミーとロレンツが見送ってくれる。

「ロレンツさん、トミー、行ってきます」

「ハルトにーたん、きをちゅけて」

「ハルトくん、頑張ってくださいね」

「はい……！」

デュークが「行ってくる」と言い、晴斗も大きく手を振る。黒馬に二人で乗って屋敷を後にし、海の近くの巨大な洞窟へと向かった。

黒馬は砂埃《すなぼこり》を上げながら低木を避《よ》けて速く走る。晴斗は風圧で目が開けられず、呼吸もままならない。

「わ……」

「ハルト、しっかり掴まっていてくれ」

白砂混じりの道を進むと、潮風の香りが強くなり、右手に海が見えた。日の光を浴びて水面《みなも》が輝いている。いくつかの入り組んだ洞窟があり、デュークが中で一番大きな洞窟を指差した。

「あそこでコーディ分隊長が待っている」

黒馬の歩みを止めると、デュークが晴斗を横抱きにして馬から飛び降りた。

結構な高さがあったが、あっという間に軽々と抱き下ろされ、不意打ちだったので胸がドキドキと早鐘を打ちつけてしまう。

「ハルト、顔が赤いが大丈夫か？　緊張しているのか？」

「いいえ、平気です」

「コーディ分隊長は朗らかな男で、水獣バールに詳しい。いろいろ訊くといい」

「は、はい」

黒馬の手綱を低木に繋《つな》いだデュークの後に続き、晴斗も洞窟の中へ入る。

「この辺り一体は自然にできた洞窟だ。水獣バールに乗る訓練に使っている」

岩壁に囲まれた洞窟内はひんやりとしている。入口は海水と続いている広い空間があり、中は昼間なのに薄暗く、潮の香りがする湿った岩肌に松明《たいまつ》が据えつけられている。

「――誰だ！」

鋭い声が飛んでくると、デュークが落ち着いて答えた。

「私だ。デューク・ラルムだ」

「これは、デューク団長！　お待ちしておりました」

近づいてきたのは、上半身裸で褐色の肌をした三十代くらいの筋肉質な男性だ。

異国風の短いズボンを穿《は》いて青色の飾り帯を巻いている。茶色の短髪と同色の大きくぎょろりとした目が特徴的な、いかにも騎士団という逞《たくま》しい体軀《たいく》の男だ。

「さっそく例の水獣バールを操れそうな勇敢な男を連れてきてくださったのですね。お忙しいところすみません……それで、そのバールを操れそうな男性はどちらにおられますかな？」

周囲を見渡している男に、デュークが晴斗の肩に手を置いた。

「コーディ分隊長、彼だ」

「へっ？　この男が……？　ずいぶん華奢《きゃしゃ》な……」

想像していたのと違うという表情になった彼に、晴斗はあわてて自己紹介する。

「ど、どうも、ハルト・タチバナです」

「オレは騎士団分隊長のコーディ・ギルーだ。団員たちから泳ぎが上手く勇敢な男がいると噂《うわさ》を聞いたが……君、大丈夫なのか？」

「ハルトは小柄だが、泳ぐのがうまいし、バールに向かっていく勇気を持っている」

デュークが口添えしてくれると、しぶしぶという感じだがコーディが頷いた。

「――わかりました。デューク団長がそうおっしゃるのなら……」

「私は王宮の会合へ出席するので、そろそろ出発しなければならない。コーディ、後のことは任せる」

「了解いたしました」

コーディが敬礼を返すと、デュークは晴斗に視線を向けて、青色の瞳《ひとみ》をすっと眇《すが》めた。

「ハルト、私はついていてやれないが、くれぐれも無理をしないようにしてくれ」

松明が揺れ、ぼんやりとした灯《あか》りの中でデュークが何か言いたそうに晴斗を見つめている。心配してくれているようだ。

「僕は大丈夫です……！」

「ああ、会合が終わったら、様子を見にここへ戻ってくる。頑張れ、ハルト」

「はいっ」

晴斗が笑顔で手を振ると、デュークも小さく微笑んで踵《きびす》を返し、洞窟を出ていった。

ふわりと揺れる海からの潮風の匂《にお》いが洞窟内を満たし、デュークの姿が洞窟から消えた刹那《せつな》、晴斗は虚無感を覚え、思わず彼の後を追っていきたくなった。

コーディの声ではっと我に返る。

「――ハルトだったな、改めてよろしく頼む」

「こちらこそ、よろしくお願いします、コーディさん」

洞窟内の松明の灯りが揺れ、晴斗はコーディ分隊長と握手を交わした。

「もう亡くなったが、占星術師をしていたオレの祖父が水獣バールのパートナーだった。よく夜中の海をバールに乗って、一緒に星を見上げていたらしい。その血を引いているのに、オレも父もバールは相手にしてくれない。だから……よろしく頼むよ、ハルト」

「できるかどうかわかりませんが、全力を尽くします」

「頼もしいな。それにしても……あのようなデューク団長の笑顔を見たのは初めてだ」

「えっ？　デュークさん、あまり笑わないんですか？」

思わず訊いてしまった。リツィ川付近で初めて会った時、部下たちと和気あいあいと過ごしていたデュークを見ているので、笑わないというのは意外な気がする。

「そうではない」

コーディは片手を腰に手を当て、がしがしと頭を掻きながら晴斗を見た。

「デューク団長はオレより年下だ。驚くほど若くして上級騎士団の団長に選ばれた。彼は素晴らしい長剣の腕だけでなく、頭脳明晰《めいせき》で行動力もあり、何より部下への慈しみの心も強くお持ちだ。その上、我が国で数少ない聖獣乗りでいらっしゃる。オレはデューク団長を心から尊敬している。ただ……今のハルトへ向けた切なさを感じるような笑顔は、一度も見たことはなかった」

「切ない笑顔ですか……？」

どういうことだろう。意味がわからず晴斗は困惑した。

「あ、いや、すまない。そんな困った顔をしないでくれ。……それじゃあ、デューク団長から聞いているかもしれないが、水獣バールについて少し説明する」

「お願いします」

洞窟内の松明の炎がジジジと音を立てた。コーディが息を吸って話し始める。

「オレのじいさんが言っていた。水獣バールは気性が荒く気まぐれだが、根は優しいと。そのじいさんが亡くなってから十年が経つが、ずっとバールは単独行動を取っている。まあ聖獣はみんな孤高の獣なんだが、相棒ができると性格が穏やかになるし、言うことを理解しようと変わるんだ。だからバールも相棒が見つかれば、きっとおとなしくなると期待している」

デュークから大体のことは聞いていたが、晴斗は口元を引き締めて頷いた。

そして、こちらの世界からいなくなるかもしれないことを、コーディにちゃんと話しておいた方がいいと思った。

「コーディさん、僕はいつまでここにいられるかわからないんです」

「えっ、遠くに引っ越す予定があるのか？」

「実は僕、異世界から来たんです」

直球で切り出すと、コーディが目を丸くした。

「なんだって、異世界？　あ……待てよ。どこかで……聞いたことがある。異世界から来た人がいるって」

今度は晴斗が驚く番だった。片手で額を押さえたコーディへ尋ねる。

「本当ですか、コーディさん」

「ん……確かに聞いた。あれは……誰に聞いたかな。えっと……確か死んだじいさんだったか？　そうだ、じいさんが言っていた」

「コーディさんのおじいさんは、なんておっしゃっていたのですか？」

コーディの眉間《みけん》に縦皺《たてじわ》が寄り、しきりに首を捻《ひね》って考えている。

「なんて言ってたかな……じいさんは占星術師だったから、夜空を見て天体の位置や動きで人の運勢や社会のあり方を占っていたんだ。その関係で異世界のことを知っていたのかもしれない。半信半疑だったが、そうか、ハルトは異世界から来たのか」

茶色の双眸《そうぼう》を揺らし、コーディがじっと晴斗を見つめる。

「水獣バールは変わり者だから、異世界から来たハルトを相棒に選ぶかもしれないな。なあに、聖獣は相棒がいなくなれば別の相手を見つけようとするから大丈夫だ。それに聖獣はオレたち普通の人間の言うことは聞いてくれないが、相棒が言えば従う。パートナーを持った聖獣はおとなしく思慮深くなるから、十年もひとりでいるバールに短期間でもいいからパートナーが見つかると助かる。今までも騎士団員をはじめ、いろいろな人が挑戦したが、無理だった。オレも何度も試したがバールに触れることさえできなかった」

分隊長のコーディや他の騎士団員たちができなかったのに、自分ができるのだろうかと不安な気持ちが込み上げてくる。

「コーディさん、バールのパートナーになれるかどうかの見極めはどうやるんですか？」

「じいさんは、水獣バールの頭部の一本角に触れたことで、バールから認められて名前を訊かれたそうだ。それから会話するようになり、パートナーになったらしい。やり方は、まずバールを呼び出すんだ。姿を現したら、ぶっつけ本番でハルトに挑んでもらう。頑張ってバールの角に触れてくれ」

「確かに、水獣バールには角がありました。あの角を……」

「この十年間、オレも頑張った。でもバールの角はおろか、体に触れることさえもできなかった。怖くて逃げ出してしまったんだ。ハルトもヤバいと思ったら、洞窟の奥へ逃げろ」

晴斗は洞窟の奥を見た。いくつもの岩房に別れている。それぞれ入口は狭いが、バールは陸地を走ることもできるので、逃げても追いつかれそうな気がする。

「バールはいたずら好きで、水中へ引きずり込まれて、死にかけた団員がいる。でも死人は出ていない。だから大丈夫だと思うが、危険を感じたらあの上へ逃げてくれ。水獣バールは梯子《はしご》を登れないはずなんだ。じいさんが言っていた」

洞窟の最奥の高い場所に洞穴があり、長い梯子が設置されている。

水獣バールなら、梯子を粉々に噛み砕いてしまいそうだ。不安を払しょくできないが、晴斗はコーディに頷いた。

「やると決めたので、全力で水獣バールに乗れるように頑張ろうと思います」

「ああ、頼むぞ、ハルト。それじゃあ、早速バールを呼ぼう」

「どうやって呼ぶのですか？」

「これだよ。じいさんから譲り受けたんだ。バールはこの音が好きで、吹くとどこからか近寄ってくるんだ」

洞窟の奥から顔くらい大きさのほら貝を持ってきて、コーディが緊張した面持ちでそれを吹いた。

ボォォ、ボォォと低い汽笛のような音が洞窟内を満たし、風に乗って海の方へ流れていく。静寂が続き、またコーディがほら貝を吹く。

ハッとして晴斗が紺碧《こんぺき》の水面を凝視すると、岩壁に焚《た》かれた灯りだけの薄暗い洞窟の入口に、黒い影が音もなく近づいてきた。それは灯りにゆらゆらと幻想的な漆黒と混ざり合い、揺れている。

「……来たようです、コーディさん。たぶんバールです。……近い」

コーディはほら貝を腕に抱いて、小さく笑った。

「ははは、ハルトの勘違いだよ。バールは水しぶきを上げて近づいてくるんだ」

「わざと静かに近づいてきているようです」

リツィ川の時もそうだった。きっといたずら好きなバールは驚かそうと思っているのだろう。ジジジと岩壁の松明が揺れ、薄暗い水面から視線を外した瞬間、暗闇《くらやみ》の水面からザバッと大きく水しぶきが上がり、頭に大きく立派な一本角がある水獣バールの藍《あい》色の巨軀《きょく》が水中から勢いよく姿を現した。

「ひいっ、で、ででで出た……！　水獣バールだ……！」

バールが突然姿を見せたことに仰天したコーディが、叫んで後じさり、尻《しり》もちをついた。さすがの騎士団分隊長も、水獣バールの前では冷静さを失くしている。晴斗は心配になった。

「コーディさん、大丈夫ですか？」

「オ、オレのことはいい、ハルト、そいつの角を摑んでくれ！」

「――はい」

晴斗はぐっと拳《こぶし》を握りしめる。

全身を鱗《うろこ》に覆われた巨体を揺らして泳ぐ水獣バールは、自在に動く尻尾《しっぽ》が特徴的で、闇雲に近づいても角に触ることはできないだろう。

じっとバールを見ていると目が合った。その鋭い双眸から、晴斗は海獣班のイルカたちを思い出した。

海獣班の多くはバンドウイルカで、イルカの中でも特に頭がよく、好奇心が強いタイプだった。サインを決めて教えると、ゲーム感覚で次々に演技を覚え、ショーも遊びの延長線上で、楽しんでこなしていた。

――聖獣も、同じなのかな。

水中の生き物は根本的に似ている気がする。

――大丈夫。ドルフィントレーナーとして学んできたことを生かして、水獣バールとも触れ合えるはずだ。晴斗は水面を見つめ大きな声を出す。

「バール、一緒に泳ごう！　僕の名前はハル……」

「ガアァァッーー」

水獣バールが威嚇《いかく》するように声を上げた。晴斗の話など聞く気はないようだ。

すぅっと細く息を吸い込むと、肺に溜《た》めるようにして口を閉じ、晴斗は洞窟の中の水へ飛び込んだ。深く潜ると海水は冷たく、晴斗の体を押し包む。

光が届かない水中は夜空のようだと思いながら、晴斗は体を旋回させ、バールの体へ近づく。

もう少しというところで、バールの尻尾で鋭く叩《たた》かれた。

「ぐっ」

ごほっと息が漏れ、水中に泡となって消えていく。

一旦水面に顔を出して呼吸し、また潜った。コーディが「ハルトー、大丈夫か！」と叫ぶ声が聞こえた。

そのままバールの体に接近すると、こちらを警戒するようにバールが距離を取る。

――よし、今だ！

尻尾の動きを予測し、迅速に方向を変えて洞窟の岩壁を蹴《け》った。ぐんと伸びて硬い鱗に覆われたバールの体に触れた。

触れた！　バールの体に……デュークさん……。

そのまま鱗の体にしがみつく。しかし、水獣バールは水中をものすごい勢いで泳ぎ出した。

う……息が……。息を止めているのが限界になった。服が鱗に絡みつき、水を大量に飲んでしまった。痺《しび》れた手が離れ、体から力が抜ける。バールから離れると、晴斗はそのまま浮上し、水面に顔を出して大きく呼吸した。

「ハルト、大丈夫か！」

「はっ、はぁっ、コ、コーディさん……、バールは？」

尋ねながら晴斗は岩に手をついて、水から上がった。水温が低く、体が冷え切っている。

脳の酸素が薄まり、くらりと眩暈《めまい》がして、肩で大きく息を吸った。

バールは離れた水面から晴斗を見つめ、「ガアァァ」と声を出して旋回すると、洞窟を出ていった。

「バールのやつ、恐ろしいスピードで洞窟を出て、海の方へ勢いよく泳いでいったよ」

晴斗はハッと気づいた。

「そうか……たぶんバールは餌《えさ》を探しに行ったんです……！」

バールが不機嫌そうな鳴き声をしていたのに、早くバールの角に触れたくて、あせってしまった。バールは空腹だったのだ。

「もっとバールを理解しないと駄目ですね」

つぶやくような言葉が唇からこぼれ落ちた。落ち着いてトレーナーとしての経験を活かせばよかったと反省する。

「なんで残念そうな顔をしているんだ？　すごいぞハルト、あの水獣バールにしがみつくなんて」

今まで誰もできなかったとコーディは言い、労《ねぎら》うようにハルトの肩を叩いた。

体が重い。無理をして長く潜りすぎたようで、ゆらりと岩壁の火が揺らぎ、酸欠で頭が白く霞《かす》んでいる。

「おいハルト——顔色が悪いぞ。水中であれほどの動きをしたんだ、水も多く飲んだだろう。少し休んだら、オレがラルム家の屋敷まで送っていくよ」

「すみません……」

背後からコーディに支えられて馬に乗り、ラルム家の屋敷まで送ってもらった。

コーディへの挨拶もそこそこに晴斗は自室の寝台へ横になると、目を閉じた。体が思うように動かず、手足がどんどん重くなり、じきに晴斗は眠りの中へ落ちていた。

薄暗い洞窟の中で、晴斗はひとり立っていた。先ほどコーディとバールを待っていた洞窟とは何かが違う場所だ。

温い風が吹き、藍色を濃くした水面が波打っている。

――晴斗……。

懐かしい声で誰かが自分を呼んでいる。

「お父さん？　お母さん……、おばあちゃんも……！　会いたかったよ」

十年前に亡くなった両親と祖母の声に、晴斗は顔を上げる。駆け寄って抱きつきたいのに、足が動かない。

「ハルト――」

静謐《せいひつ》な声に振り返ると、背後に長身の男性が立っていた。

「デューク、さん……？」

いつの間にか晴斗を呼ぶ声が遠ざかり、晴斗の周囲に光が満ちている。

「う……ん……」

薄く目を開けた晴斗は、いきなりデュークの美顔が視界に大きく映り、驚きながら声を出す。

「あっ、あの、デューク、さん……？　僕、どうして……？」

「ハルト、体調はどうだ？　どこか痛むところは？」

晴斗は自分の部屋の天蓋《てんがい》つき寝台に寝ており、寝台横の椅子に腰かけたデュークが心配そうにこちらを見つめていた。

全身がだるく、頭が少しぼぅっとしているが、特に痛むところはないので、怪我はしていないようだ。

「僕は……大丈夫……です……」

「そうか。よかった——」

敷布の上の手をデュークがぎゅっと握りしめてきた。

触れられた彼の指先はとても冷たく、強く握りしめられて、心臓がトクトクと鼓動を速めてしまう。

「ハルト……君はかなり水を飲んで、丸一日意識が戻らなかった。医術師の話ではかなり危険な状態だと……君は生死の境を彷徨《さまよ》っていたんだ」

「え……？」

驚いたことに、晴斗が洞窟から戻って、丸一日が経っていた。

デュークの声はかすれていた。それに彼の目が赤味を帯びている。もしかすると優しい彼は、寝ずに晴斗の看病してくれたのだろうか。

申し訳なさに青ざめる晴斗を見つめ、彼は唇を嚙みしめて繰り返した。

「本当に、君が無事でよかった」

「デュークさん……すみません……」

「謝ることはない。君は懸命にバールに乗ろうとした」

晴斗の手を握ったデュークの手がかすかに震えている。晴斗が目を見開いて彼を見ると、驚いたことに、デュークの深青色の双眸が潤んでいた。

――まさか、デュークさんの目に涙が……？

そう思った刹那、全身に焼けつくような熱い衝撃が駆け抜けた。

冷たい指先と初めて見た彼の涙に、どれほど自分を心配してくれたのか思い知らされる。かすれる声と切れ長の瞳の熱を帯びた視線に、心臓が絡めとられたようになって呼吸さえ難しい。

「ご、ごめんなさい……本当に……心配をおかけして……」

「ハルト」

口元を引き結んだデュークに、掻き抱くように強く抱きしめられた。カッと全身が熱を帯び、じわじわと嬉《うれ》しさと戸惑いと疼《うず》くような熱い気持ちが混ざり合い、胸が張り裂けそうなくらい大きくふくらんでいく。

甘酢っぱく優しい気持ちが胸の奥から湧き上がり、こんなふわふわした気持ちになるのは初めてで、なぜか切ないような胸に迫る悲しさも同時に感じていた。

――デュークさんに抱きしめられている。僕、僕は……。

心臓の高鳴りに戸惑いながら、胸の奥が震え出す。

自分を好いてくれる人など現れるわけがないと思っていたのに、もし許されるのなら、この人のそばにいたいと思ってしまう。

それは初めての感覚だった。彼のそばが自分の居場所ならいいのにと願ってしまい、そんな自分に動揺する。

「僕は……」

きゅっと唇を噛みしめる。気づいてしまった。

——僕は……デュークさんのことが好きなんだ。恋愛的な意味で……。

これまで誰に対してもこんな感情を抱いたことはなかった。それなのに初めて会った時から、デュークに惹《ひ》きつけられる自分を感じていた。

部下から慕われ、強さと優しさを兼ね備えた彼に憧《あこが》れが募り、今まで他人に見せたことのない胸の奥を優しくすくい上げるようにされて、もっと彼と話したい、彼のことを知りたい、そばにいたいと思うようになった時には、すでに心の中にデュークへの想いが芽生えていたに違いない。

胸の奥に存在している感情を自覚すると、今までときめいたり戸惑ったりした自分に納得する気持ちが生まれ、打ち寄せる波のように心を満たしていく。

ゆっくりとデュークが拘束していた腕を放した。

「コーディから、水を飲んで倒れたと聞いている。水獣バールの背にしがみついたそうだな」

「はい、離れようとした時に鱗に服が張りついて……呼吸が苦しくなって……」

やはりウェットスーツがいいと思っていると、デュークが畳んだものを手渡してくれた。

「これはハルトが着ていた黄色と紺色の長衣だ。マーサに頼んで水洗いして乾かしている。着たくなったら、自由に着てくれ」

「いいんですか？」

皆が驚いていたから着ない方がいいのではと感じて尋ねてみると、デュークは小さく笑って晴斗の頭にそっと手を置いた。

「私も最初は変わっていると思ったが、ハルトの世界、確かニホンと言ったな。そこでは普通にこの服を着ているのだろう？　祖国の服を大切にした方がいい」

「デュークさん……」

やはり優しい人だ。それにこういう懐の大きなところが、騎士団の団員から慕われるのだろう。

「失礼します、デューク様、ハルトくんの容態はどうですか？」

入ってきたのは手に水が入ったグラスを持ち、心配そうな表情のロレンツだ。

「ハルトくん、気がついたんですね」

脇机《わきづくえ》の上の洗面桶を倒す勢いでロレンツが晴斗のそばへ駆け寄った。

「水獣バールにしがみついて溺れたと聞いています。よく頑張りましたね、ハルトくん」

「ロレンツさん、ご心配をおかけしました。すみませんでした」

すまない気持ちで頭を下げると、ロレンツが首を横に振る。

「俺よりデューク様が……ずっと看病でハルトくんについていたんですよ。それから、トミー様も何度も様子を見に来られました」

「あ、僕、トミーに声をかけてきます」

「今は夜中だ。トミーも寝ている。ハルトは何も心配せず、もう少し休んでくれ」

そう言いながら、デュークが起き上がろうとした晴斗の体を支えて、ゆっくりとふかふかした布団の上に横にしてくれる。彼の手が晴斗の髪をそっと撫《な》でた。

「早くよくなってくれ、ハルト」

彼がそばにいるだけで心が大きく揺さぶられる。そして同時に小さな子供に戻ったように、全身に安堵が広がった。

無意識のうちにデュークを見つめていると、ロレンツが静かに言った。

「ハルトくんの意識が戻って本当によかったです。俺はそろそろ部屋へ戻ります。ハルトくん、お休みなさい」

「あ……お休みなさい、ロレンツさん」

「デューク様も、お休みなさい」

ロレンツは早歩きでデュークの方へ歩み寄ると、流れるような自然な動きで彼の首に両手を絡めた。

「ロレン――ッ」

デュークの言葉がロレンツの唇の中へ溶けていく。晴斗は限界まで大きく目を見開いて、口づけるデュークとロレンツを見つめた。

二人がキスをしているところを見たと、サザムから聞いた時は驚いたが、それでも実際にキスをする二人を見てしまった衝撃はまったく違っていた。

血の気が引いて頭の中が真っ白になり、キリキリと胸の奥が鋭く疼く。

ロレンツが顔の角度を変え、クチュリと淫《みだ》らな水音が部屋に響いた瞬間、デュークが制止するようにロレンツの肩を掴んで強く押し返した。

妖艶《ようえん》な笑みを浮かべ、ロレンツがハルトを振り返った。晴斗は彼の濡《ぬ》れた艶《つや》やかな唇から、目を離すことができない。

「それじゃあね、ハルトくん。お大事に」

寝台の上の晴斗に微笑むと、ロレンツが部屋を出ていく。パタンと乾いた音が室内の静寂を重くする。室内に晴斗とデュークの二人が残され、気まずい沈黙が落ちた。

「あの……お、お休みなさい、デュークさん」

デュークの顔を見ることができず、晴斗は頭の天辺までシーツをかぶった。今見た衝撃を思い出さないようにぎゅっと目を閉じる。

「ハルト……」

何か言いたそうなデュークの声に、一瞬顔を出そうか迷ってシーツをかぶったまま黙っていると、強引にシーツを取られて目を丸くする。

「――何かほしいものはないか？」

眉根《まゆね》を寄せた彼の表情に、ゆっくりと上半身を起こした。

「あの、それでは、お水を……飲みたいです」

脇机に置かれている、先ほどロレンツが持ってきてくれたグラスへ手を伸ばし、こくんと飲み干した。冷たい水に喉《のど》がすうっと楽になり、気持ちが少し落ち着いた。

「僕、すみません……」

なんの謝罪だろう。キスする二人の邪魔になったことだろうか。

「ハルトは謝ってばかりだな」

デュークが手をつくと、ギシッと寝台が軋《きし》んだ。

大きな体に覆いかぶさるようにされ、デュークの手が伸びて後頭部を掴まれた。

近い距離に目を瞠《みは》っていると、さらりと前髪を後ろへ掻き上げられた。

形のいい唇が額に押しつけられる。

「あ……あの……」

「お休みの挨拶だ」

返す言葉が見つからず、火で炙《あぶ》られたような頬を隠すように伏せた晴斗の耳に、穏やかなデュークの声が落ちてくる。

「もう一度――今度は唇にもキスさせてくれ。ハルトが早く元気になるように」

「え？　く、唇に？」

意味を理解できず晴斗は動揺する。彼は先ほどロレンツとキスをしたばかりなのに、なぜ……？

デュークのアイスブルーの瞳に見つめられ、思考が停止する。ふいに彼の大きな手に腕を摑まれ、ぐっと引き寄せられた。

「デ、デューク、さ……」

あたたかいものがそっと重なった。彼の唇が晴斗の唇を優しく覆って啄《ついば》むように吸い、後ろに回り込んできた手のひらが、うなじをさするように動いた。

「……ん……んぅ……」

唇を強引に開かされ、濡れた熱いものが口の中へと差し込まれる。

「んっ！」

驚いて身をよじろうとするが、彼の大きな手に後頭部を包み込むように押さえられ、さらに深く舌が挿入されてしまう。

熱い彼の舌が晴斗の舌に絡みつき、巧みな舌遣いで歯列の後ろをなぞられ、上顎《うわあご》をつつかれているうちに、頭の中がぼうっと霞み始めた。全身の血が沸騰しそうになり、苦しくて、意識が飛んでしまいそうだ。

「……んん――っ」

くちゅくちゅと淫らな水音が響き、彼は角度を変えながら口づけを深める。敏感な舌を擦《こす》られ、絡ませられて、体の奥がきゅうっと疼いた。

「……はぁ、はぁ……デューク、さん……」

ゆっくりと唇を離したデュークが、呼吸を速めている晴斗を見つめ、切れ長の瞳をそっと細めた。

「――お休み、ハルト」

踵を返してデュークが部屋を出ていった後も、晴斗の呼吸は乱れたままだ。

まだ熱を帯びている唇に触れながら、晴斗は混乱した頭で考える。

デュークとロレンツのキスを見て、うらやましそうな顔になっていたのかもしれない。

彼は晴斗の体調を心配していた。おまじないのような意味合いでのキスなのかも……。

「いずれにしても、深い意味合いなどないのに……」

混乱し、震える晴斗の声が、静寂な室内で行き場をなくして彷徨った。

＊＊＊＊

自室へ戻ったデュークは、深いため息をつくと、長椅子に背中を預け、両手で顔を覆った。

まさかハルトの前でロレンツがキスをしてくるとは思っていなかった。

否、ハルトの前だからこそ、かもしれない。ロレンツは穏やかな性格をしているが、鋭敏な頭脳を持っている。前の時は誰かに見られる可能性がある場所、廊下でのキスだった。

あわててシーツを頭までかぶって震えているハルトがいじらしく思え、何よりロレンツとの関係を誤解してほしくなくて、強引にハルトに口づけた。

あの時の顔を真っ赤にして動揺するハルトが脳裏から離れない。

デュークはため息をついて壁に立てかけてある剣を手に取った。

その長剣の手入れをしようとするが、どうしても集中できない。手を止めて寝台の方を見つめる。

ハルトの意識が戻るまで寝ずに付き添ったので、寝不足のはずだが、今は眠くない。

「……ハルトの意識が戻って、本当によかった」

騎士団長として会合に出席した後、コーディからハルトが倒れたと連絡が入った。

ハルトはあの水獣バールに正面切って向かっていったのだと、コーディから事情は聞いたが、日ごろから鍛錬している騎士団員でもないのに無茶をするなと焦り、ただハルトの体が心配だった。

ハルトが目を覚ました時には不覚にも涙があふれた。

「涙か……」

デュークは小さな頃から泣いた記憶がほとんどなかった。男が泣くのはみっともないというのが祖父と父の口癖だったし、トミーにも同じように教えてきた。妻のアイリーンが病死した時も悼む気持ちで心がいっぱいだったが涙は出なかった。

それなのにハルトが目を覚ました時、眦《まなじり》が熱く震える感覚に自分が泣いていると気づいた。

「ハルト……」

思わずぽつりとこぼし、熱を帯びた自分の唇をそっと指先で触れる。

キスだけで全身が熱くなったのは初めてだ。妻のアイリーンにもこれほど強い欲求を感じたことはなかった。

驚いたりあわてたり、感情が顔に出やすいハルトをいつの間にかとても可愛《かわい》いと思っている。過剰なほどびくびくしたり落ち込んだりすることもあるし、そんなハルトの傷ついた表情を見ると、なんとか彼を安心させたいと思う。

「ハルトは元の世界に、家族や恋人がいる——帰してやらなければ……」

言葉にした途端、胸が疼いた。

異世界へ戻る方法を調べ、それをハルトへ知らせてやらなければならない立場なのに、資料館で異世界に関連した文献が見つからない時、どこか安堵している自分がいた。

そしてできればこれから先も、ハルトにこの世界へ残ってもらえないかと考えている。

金髪を掻き上げるようにして天を仰ぐと、デュークは何を考えているのだと自分に呆《あき》れた。

剣の手入れが進まず、鞘《さや》へ戻して長剣を壁に立てかけると、デュークは椅子に座って身じろぎもせずに、ハルトのことを考えた。

6

翌朝は曇天が広がり、じきに灰色の空からぽつぽつと雨が降り始めた。

マーサが雑穀と野菜を焼いて卵を落とした栄養のあるおかずの皿とお茶を持ってきてくれた。

「ハルトさん、朝食ですよ。栄養つけて早く元気になってくださいね」

「ありがとうございます、マーサさん」

朝食を食べ終わると、今度は小さなノックの音と、扉から可愛い声が聞こえてきた。

「はいっていい？」

「トミー……！」

扉を開けると、トミーがむぎゅっとしがみついてきた。

「ハルトにーたん！　だいどーぶ？」

「心配かけてごめんね。僕はすっかり元気になったよ」

「よかった……！　ハルトにーたん、げんきー」

小さなトミーの頭を撫でると、嬉しそうに小さな額をぐりぐりと押しつけてきた。可愛くてたまらず、小さくてやわらかな体をぎゅっと抱きしめる。

トミーを膝《ひざ》に乗せ、二人で話していると、ランが昼寝の時間だと言ってトミーを迎えに来た。

その後、マーサが来客を伝えてくれた。客人は、麻袋を肩にかけたコーディだ。

「心配で様子を見に来た。体調はどうだ、ハルト」

「すみません、コーディさん。いろいろとご迷惑をかけてしまって」

「何を言っている。オレの方こそ、助けてあげられずにすまなかった。よかった、顔色はいいな」

「はい、もうすっかり元気になりました」

長椅子に座っている晴斗を見て、思ったより元気そうだと、コーディが安堵している。

「これ、お見舞い。青林檎《あおりんご》だ」

「わ……たくさんありがとうございます」

麻袋から艶々とした青色の林檎がたくさん出てくる。それを受け取って晴斗は頭を下げた。

ふいに扉がノックされ、ロレンツが顔を出した。

「ハルトくん、具合は……ああ、お客様かい？　これは失礼。俺はラルム家の傭兵をしているロレンツです」

挨拶をするロレンツに、コーディがあわてて敬礼する。

「あなたが聖獣乗りのロレンツ氏ですか。騎士団分隊長をしているコーディです、どうぞよろしく」

「分隊長殿、どうぞごゆっくり」

ロレンツはちらりと晴斗を見ると、優しい笑みを浮かべて頷き、部屋を出ていった。

コーディがふぅっとため息をついた。

「麗しの傭兵ロレンツ氏……噂では聞いていたが、美麗なデューク団長とはタイプが違って、小悪魔的で艶美《えんび》な色男だな。聖獣乗りって美形じゃないとなれないのかもな。うん、きっとそうだ、聖獣のヤツめ。ハルトも柔和できれいな顔立ちをしているから、きっとバールに乗れるんじゃないか？　あ、だからオレは無理なのか……！」

あははとコーディが笑っている。彼は美形という感じとは違うが、男らしい顔をして、結構女性からも人気がありそうだ。

そう言おうとしたが、ツボに入ったらしく、お腹を抱えて笑っているコーディを見て、思わず晴斗も噴き出した。

「もう、何を言っているんです、コーディさん」

声を上げて笑った後、晴斗はふうと息をついた。

「コーディさん、僕はよくなったら、またバールに乗る訓練を再開したいです」

「おいおい、無理をさせないでくれとデューク団長から言われている。だから訓練を再開するのはもう少し体調が回復してからだよ」

「わかりました」

多くの人に心配をかけてしまったので、今度は気をつけなければと思い、素直に頷いた。

ふいにコーディが何かを思い出したようで、「あっ」と声を上げた。

「そうだ、異世界のことだけど、思い出したことがある」

「えっ？　な、何かわかったんですか？」

「オレの祖父は異界人の知り合いがいたらしい。もう四十数年前のことだけど」

「──ほ、本当ですか？　その人は今……」

「オレが子供の頃、じいさんから聞いただけで、詳しいことは覚えてないんだ。確か、異界人が残した帳面をじいさんが持っていたんだけど、なんて書いてあるか、誰も読めないらしい。じいさんが亡くなってからはばあちゃんが保管しているって。今度ハルトに持ってくるよ」

──異世界人が残した帳面……。晴斗の心臓が鼓動を速める。

コーディは晴斗に手を振って、「それじゃあ、無理をするなよ」と言いながら帰っていった。

元の世界へ──日本へ帰る方法がわかるかもしれない。その時、晴斗はどうすればいいのだろう。

答えを出せないまま、心が大きく揺らぎ、晴斗はいつの間にか降り出した雨が窓を伝い落ちるのを黙って見つめていた——。

＊＊＊

数日が経つと、晴斗の体調はすっかり回復した。

大きく開け放たれた食堂の窓から、気持ちのよい風が入ってくる。今朝《けさ》は晴天だ。

マーサとサザムが用意してくれた朝食を摂《と》った晴斗とデュークとロレンツ、そしてトミーは、緑色のあっさりした風味のお茶を飲んでくつろいでいた。

「……あの、実は今日から、水獣バールに乗る訓練をコーディさんと一緒に再開することにしました」

医術師からの許可が下り、コーディからもＯＫをもらえたことを付け加えると、みんな頷いてくれた。

「ハルトにーたん、がんばって」

「うん、頑張るよ、トミー」

「体調は大丈夫ですか、ハルトくん」

「はい、ロレンツさん。もう平気です」

「……無理をしないでくれ、ハルト。今日はこれから騎士団員の鍛錬所へ行くが、終わりしだい洞窟へ向かう。行きは私が――」

「デュークさん、大丈夫ですよ。僕、ひとりで馬に乗れるようになったんです……！」

体力の回復を待つ間、馬舎《うまや》の栗毛を貸してもらい、練習したのだ。苦労したが、デュークが馬を扱う様子を思い出しながら、なんとかひとりで乗れるようになった。

「ハルトにーたん、しゅごーい」

目を輝かせているトミーに「ううん」と晴斗は恥ずかしそうに笑みを返した。

「ハルト、よく頑張った。君は努力家だ」

労《いた》わるような優しいデュークの視線に、鼓動が速くなってしまう。

「いいえ、僕はそんな……何もできないので、少しでもと」

父方の祖父母から毎日のように言われた「この子は何もできない」「役立たずだ」という言葉を思い出すたび、晴斗の背中が冷たくなる。

デュークが眉根を寄せ、唇を噛みしめた晴斗をじっと見つめた。

「ハルトはもう少し自信を持った方がいい。君は素晴らしい男だと思う。それに、ハルトの良さはハルトしかもっていない。誰とも比べなくていいんだ。君が頑張っていることをわかっている人間が必ずそばにいる」

優しく穏やかなデュークの言葉に、嬉しさが全身を包み込んだ。

「デュークさん、ありがとうございます」

ふいに彼と目が合い、あわてて視線を逸《そ》らせた。どうしても、口づけの記憶が蘇ってしまう。

あのキスは深い意味は何もなかったのに、それでもハルトにとって初めての経験で、しかも恋心を自覚した直後の口づけだったのだ。

――でも、諦《あきら》めないと……デュークさんにはロレンツさんがいる……。

この世界へ残りたいと思っても、デュークには迷惑でしかないだろう。それに二人を見守り続けるのはハルトとしても辛《つら》い。

この想いをどう始末をつければいいのかわからず、晴斗は小さく息をつき、顔を伏せる。デュークを困らせるとわかっていて、自己満足のためだけに、想いを伝えるわけにはいかない。この異世界で、こんなによくしてくれているデュークとロレンツのために、晴斗は自分の気持ちを黙っていようと思い、そっと胸に手を当て、深呼吸した。


「行ってきます……！」

水獣バールに乗る訓練の日、晴斗はひとりで栗毛の馬に乗り、あぜ道を駆けた。コーディが待っている洞窟へは一本道なので、迷う心配もない。手綱を離さないように、内腿《うちもも》をしっかり締めて走っていると、じきに前方に海が見えてきた。

潮風の香りが満ちた洞窟内は、岩壁に焚かれた松明の灯りだけで中は薄暗い。

まだコーディは来ていないようだと思っていると、馬の足音が聞こえ、岩壁に影を浮かべながら、コーディがあわてた様子で駆け込んできた。

「ハルト！」

「コーディさん、どうしたんです？　そんなにあわてて。僕も今来たところです」

「そ、それが……娘のニーナが毒性のある、深山の白無花果《しろいちじく》の種を食べて……こ、高熱を出したんだ」

額に汗を浮かべたコーディの顔は血の気が引いている。晴斗は大きな声を出す。

「コーディさん、僕の訓練はひとりで大丈夫ですから、ニーナちゃんについていてあげてください！」

父親がそばにいれば心強いだろうし、奥さんも助かるだろう。コーディが泣きそうな顔になった。

「ハルト……すまない、本当に……どうか、気をつけてくれ」

唇を噛みしめて、コーディが踵を返して洞窟から出ていく。じきに馬の蹄《ひづめ》の音が遠ざかっていった。

「ニーナちゃん、どうか無事で……」

祈るような気持ちで洞窟の入口を見つめた後、晴斗はぱしっと両手で頬を叩いた。

「ひとりでも頑張らないと……！」

洞窟の奥からバールを呼ぶためのほら貝を持ってくる。前回コーディが吹くところを見ていたので、同じように唇を当てて息を吹き込むと、ボオォォ……と低い音が響いた。

刹那、水面に大きな黒い影が浮かんでハッと顔を上げる。

「バール……ッ、もう来た」

ほら貝を岩壁の近くへ置くと、晴斗は長衣を脱いだ。下には水族館勤務時に着用しているウェットスーツを身につけている。

水面付近に黒い影が揺れると、周囲の音が遠ざかった気がする。晴斗は奥歯を噛みしめて背筋を伸ばした。

「バール！　僕を乗せて。君は今、相棒がいないんでしょ？　僕は君の相棒になりたいんだ……！」

大きな声で諭すように言うと、急浮上したバールが水しぶきを上げて顔を出した。

「ガアァァッ……ガッ……！」

「バール、僕の言葉を理解しているんでしょ？　僕を君のパートナーに……」

「グルル……、ガアアアッ！」

脅かすような水獣バールの高い声が岩壁に反響した。

ジジ、ジジジと音をさせて灯りが揺らいだ瞬間、紺碧の水面がゆらめき、岩壁が陰を濃くする。バールがじっとこちらを見つめている。

目を閉じて晴斗は大きく息を吸い、肺を空気で満たすと、すっと静かにバールのいる水の中へ頭から飛び込んだ。

晴斗が大きく腕を動かし泳ぎ出すと、こちらの動きを予想していたかのように、バールが方向を変え、藍色の巨軀を左右に揺らしてついてくる。

「バール」

「グ、グ……ッ」

呻《うめ》くような声を出し、バールが旋回して潜った。

「待って、僕を乗せて、バール」

短く息を吸い、晴斗が潜ってバールに近づこうとする。

灯りが届かない水中は紺碧から漆黒へと色がうつろい、水温も低い。手を伸ばそうとすると、バールは恐れるように身を翻し、鱗で覆われた巨漢をくねらせ、泳ぐ。

——すごく速い。

今度は晴斗がバールの泳ぎに懸命についていく。軌道を辿《たど》るように晴斗が加速して追いかけるが、じきに呼吸が続かなくなり、視界の端でバールの動きを追いながら、浮上して水面に顔を出した。

「はぁ、はぁ、はぁ……待って、バール、お願いだから」

その声が届いたのだろうか、バールが水面に顔を出した。大きな角が真ん中にある頭を右へ左へ揺らしながら晴斗の方へ加速してくる。

「バール！　ぐっ」

バールの硬い尻尾が大きく水面を叩く。晴斗は左腕に焼けつくような痛みを覚え、体が大きく傾いた。

刹那、後ろから支えるように抱きしめられた。

「……コーディさん？」

振り返ると、松明の灯りがデュークの端整な美貌《びぼう》を照らしているのを見て驚く。

「デュークさん……っ」

水の中で晴斗の体を支えていたのはデュークだった。ゆらゆらと灯りが揺れ、端整なデュークの顔に陰が落ちている。

「大丈夫か、ハルト……！　左手を怪我している。水から出た方がいい。おいで」

岩壁の方へ晴斗を連れていこうとするデュークに、首を横に振る。

「大丈夫です。デュークさんは水から出て、岩壁の方に行ってください。僕は……もう少しバールを追いかけます」

「しかし、君は怪我を」

「どうしてもバールに乗りたいんです」

　表情が険しくなったデュークに、「お願いします」と繰り返す。

「ハルト……」

　吐息で名を呼ばれた直後、強い力で抱きすくめられた。驚いて顔を上げると、彼は水の中の抱擁を緩めず、晴斗の唇に口づけてきた。

「ん……っ、んぅ……」

　晴斗は突然のことに驚いた。以前された、早くよくなるようにというキスと違い、掻き抱くように拘束されての激しい口づけに、全身が震え出す。

　角度を変えながら、デュークは口づけを深めてくる。晴斗の心臓がドクドクと鼓動を速める中、触れ合った唇から彼の舌が入ってきた。ビクッと肩が波打ち、晴斗は混乱のまま反射的に身じろいだが、彼はさらに強い力で抱きしめ、首の角度を変えて舌を絡ませてきた。

「ん、ん……ぁ……っ」

　口腔《こうこう》内を強引な舌遣いで愛撫《あいぶ》され、甘い吐息がこぼれ落ちてしまう。頭の芯《しん》がジンと痺れ、呼吸が苦しくなり、デュークの胸を拳で叩くと、彼はようやく抱きしめていた腕を緩めた。

「デューク……さ、ん……ど、どうして……？」

突然の抱擁と口づけに驚き、涙目でデュークを見つめると、彼は熱っぽい眼差しで晴斗を見つめ返してきたが、何も答えない。

どうしてこんな時にキスなんかするのだろう。晴斗は彼の気持ちがわからず戸惑った。

「――すまない」

デュークが口元を引き締め、謝罪した直後、水獣バールが水しぶきを上げ、挑発するように蛇行しながら泳ぎ出した。

「デュークさん、バールが呼んでます。僕、もう少しだけ、泳いでもいいですか？」

「わかった。危険になったら私が止めに入る。ハルトの気が済むようにすればいい。君は頑張り屋だから、きっとできると思う」

きっとできるというデュークの言葉が胸の奥に染みていく。不思議と元気が出て、晴斗は深く息を吸うと水面に向かって声を上げた。

「バール！　僕の怪我はかすり傷だよ！」

両手を上げ、岩壁にぶつけた左腕を大丈夫だというように大きく振る。

「わざとじゃないって、知っているよ。バールは遊びの延長だっただけでしょ？」

ユアンもそうだった。イルカの中でも賢くいたずら好きなバンドウイルカのユアンは、ネローと一緒にトレーニング中にトレーナーの近くでジャンプをしては、わざと水をかけて反応を楽しんでいた。

ハルトの言葉に水面が盛り上がり、泳いでいたバールがザバッと顔を出した。その目が揺れている。

「バール、ついてきて！」

晴斗が息を吸って岩壁を蹴って潜ると、バールが方向を変えて泳ぎ出す。

ぐんぐん加速し、晴斗が猛スピードで水中を泳ぐと、バールが鱗で覆われた大きな体をくねらせながら後ろをついてきた。

ユアンと一緒に泳ぎ、二人にしかできない演技を決めて、お客さんの歓声を浴びてきた記憶が脳裏をよぎる。

水獣だからと恐れられてきたバールだが、本当はこうして一緒に泳ぎたかったのではなかったか。

――遊ぼう、バール。

心の中でつぶやき、さらにぐんぐんと速度を上げた晴斗がバールの横に並んだ。距離は数メートルも離れていない。晴斗は無我夢中で水を蹴り、全身で飛ぶように泳いだ。自分が水獣になっていくようだと感じた瞬間、動きが水獣バールと同調した。交差するようにバールが晴斗の下から浮上してくる。

――バール……!!

体が軽くなった。硬い鱗に覆われたバールの頭部に、晴斗は乗っていた。流されそうに

なり、あわててバールの頭の角を掴む。

僕、バールに乗っている……！　そう理解した瞬間、角を掴んでいる手が震えた。

バールはロケットのような勢いで浮上する。水面が盛り上がり、突き破るように水獣バールに乗った晴斗が姿を見せる。

「ハルト！」

デュークの声に我に返った晴斗がごほごほと咳《せ》き込んだ。長時間潜っていたので、水を大量に飲んでしまい、呼吸するために水を吐き出す。

バールは晴斗を岩壁の前に下ろすと、水の中へ戻ってしまった。

「待って、バール！」

大きく体を旋回させると、ざぶんと波が寄り、バールが晴斗の前まで大きな顔を近づけてきた。鋭い牙《きば》のある口を開き、低い声を出す。

『オ前ノ名前ハ？』

初めて聞くバールの声に、晴斗の胸があたたかな気持ちで満たされていく。

「――僕はハルトだよ。ハルト・タチバナ」

『我ノ、ハルト……』

震える声で答えると、水獣バールが双眸を細めた。

「え？」

ガガガ、と笑うような声を上げ、バールは水しぶきを上げて水の中へ潜った。

バールの笑い声が反響し、じきに巨大な黒い影が洞窟から出て海へと向かうのを晴斗はぼんやり見つめた。

「ハルト、大丈夫か！」

「デュークさん……僕、バールに乗れました……！」

嬉しさが込み上げてきて目の奥が熱くなってしまう。泣かないように唇を嚙みしめると、デュークが興奮した面差しでこくこくと何度も頷いてくれた。

「ああ……！　バールが言葉を発した――名を訊いたということは、君をパートナーとして認めたということだ。よくやった。さすがハルトだ」

肩に手を置いたデュークと息が触れ合うほど間近で目が合った。海水を浴びたデュークの髪が濡れて、細くやわらかな金髪が幾筋か形のよい額に落ちている。

「ハルト、左手を見せてくれ。血が出ている」

岩壁にぶつけた左腕をデュークが手巾で優しく縛ってくれた。

「痛くないか？」

「ありがとうございます。大丈夫です」

傷は浅く、もう出血も止まっている。手当してもらうと痛みも感じなくなった。

デュークは双眸を眇めるようにして、他にも岩壁で擦った擦り傷がたくさんある晴斗の手を見つめた。

「こんなに傷だらけになって。無理をしないように言ったのに、君は……」

「心配をかけてすみません。でも本当に大丈夫です」

「ハルト」

デュークの長い指が晴斗の唇に触れた。晴斗は目をまたたかせて彼を見上げる。

濡れた金髪から透明な雫《しずく》が落ちているせいか、秀麗な彼の白皙《はくせき》が艶《なま》めかしく見え、こくりと、晴斗の喉が鳴った。

「デュークさん……」

「君の泳ぎは鮮麗で素晴らしかった、ハルト……」

デュークの青色の瞳に光が揺らぎ、その中央に自分が映っていることで、ぞくぞくするような熱い想いが込み上げてきた。

――さっきしたようなキスをもう一度してほしいと言ったら……彼はなんと言うだろう。困るだろうか。そう思った途端、デュークが低く囁《ささや》いた。

「そんな誘っているような目をするな。抑えられなくなってしまう」

「……っ」

気づかれたのだろうか、この気持ちに。あわてて顔を背けると、すぐに顎を強引に摑まれた。吸い込まれそうな彼の双眸を見つめ、胸の奥が震える。

「ぼ、僕は……ん……」

言いかけた言葉がデュークの口の中へ消えていく。強引に後頭部に手が回され、口づけられていた。濡れた舌がするりと入り込んで、反射的に逃げようとした晴斗の舌が絡めとられる。

「んんぅ……っ、んっ……」

絡み合う舌と舌に、濡れた水音がクチュクチュと耳朶《じだ》を打った。

「ハルト……本当によかった。君は聖獣乗りになった――」

わずかに唇を離し、吐息のような声で褒められ、体が火照《ほて》ってしまう。

「すごく嬉しくて、気持ちが昂《たかぶ》っている。……今ここで君を抱きたい」

「……っ」

なんで、という言葉が喉まで出かかったが、デュークの真摯《しんし》な表情と双眸に、何も言えずに唇を嚙みしめる。

誘うような目つきをしたからだろうか。彼が何を考えているのか理解できずに戸惑った。

「君を抱いてもいいか、ハルト」

啞然《あぜん》となった晴斗は顔が燃えるように熱くなり、気がつくとデュークに引き寄せられ、再び唇が重ねられていた。

「んっ、ん……デューク……さ……っ」

舌を絡め合うキスを繰り返され、ぞくぞくとした甘い痺れに包まれる。

「君を抱きたい。ハルト」

「……ぼ、僕……そんな経験が、なくて……その……」

動揺して何を言っているのかわからない。彼は熱を帯びて色を濃くした青色の瞳を細め、耳元に唇を寄せると、囁くように言った。

「ハルト、優しくする。私に任せてくれ」

「デュークさん……」

気持ちがすぐ顔に出ると、以前、デュークから言われたことがあった。

もしかすると、この気持ちに気づいていた彼が、水獣バールを乗りこなしたご褒美をくれようとしているのかもしれない……。

騎士団では男同士で性欲を処理し合うことは珍しくないと、ロレンツが以前教えてくれた。

だから恋人のロレンツがいても、頑張った褒美として軽い気持ちで自分を抱いてくれようとしている。デューク自身、「気持ちが昂っている」と言っていた。この洞窟の中で水獣バールに乗った晴斗を見たデュークは、冷静な判断をできずにいるだけで、気持ちが落ち着けば、晴斗を抱いたことなど忘れてしまうだろう。

「ぼ、僕は……」

それでもいいと晴斗は思った。自分はいつか彼の前からいなくなる――日本へ帰るのだから。

先がなくてもいい。一度だけでも……と晴斗は拳を握りしめた。

「ハルト、大丈夫だ。怖がらないでくれ。優しくする」

繰り返し耳元で甘く囁かれ、体から力が抜けていく。岩壁についていた手を取られ、ふわりと横抱きにされて驚いた。

「あっ、あの……」

「大丈夫だ」

「……は、はい……」

岩壁の奥の梯子を、晴斗を軽々と抱いたまま登ると、薄板が敷かれた岩房に晴斗をそっと座らせた。

「そうだ、これを……」

デュークが小瓶を取り出した。

「それは？」

不安そうな晴斗の視線に気づき、デュークが安心させるように説明する。

「剣の手入れで使う香油だ。男同士で繋がる時はあった方がいい」

デュークは抱き上げるようにして晴斗をそこへ押し倒すと、ウェットスーツのジッパーいる。


を下げてしまう。そのまま剝《は》ぎ取るように脱がされ、彼が囁いた。

「小柄だと思っていたが……ここまで細いとは」

　どうやら思っていたより晴斗の体が細かったようで、彼は驚いたように晴斗を凝視している。

「あの、すみません、僕……男らしくなくて……」

「きれいだと言っている。君の体は細いが、均整が取れているし、肌も陶器の人形のように艶やかだ」

「あ、あまり……見ないでください……」

　岩壁に掲げられている松明の灯りがゆらりと揺れている。晴斗は顔を伏せて唇を噛みしめた。痩《や》せて起伏に乏しい体を見られたくなかった。

「恥ずかしいのか？」

　小さく微笑む彼が情欲的で、心臓がトクンと跳ねた。

「デューク……さん……」

「恥ずかしがることはない。ハルトは美しい」

　彼の手が滑るように首筋から脇腹、そして背中を確かめるように滑り落ちる。ビクッと大きく肩が揺れ「あっ」と声が漏れた。

「そんなに緊張しないでくれ。もっと力を抜いて……」

リラックスさせるように囁かれ、啄むように唇を甘く重ねられる。彼の熱い手が晴斗の頬に触れ、その手が滑るように薄く平らな胸を撫でた。

彼の手の動きに、これまで知らなかった欲望が目覚め、乳首と性器が一瞬で硬くなってしまう。

「あ……デューク……さ、ん……、や……」

「隠さないで、私に全部見せてくれ」

耳元で囁かれ、ぐいぐいと揉《も》む手の中で、平たい胸の硬く尖《とが》った左右の乳首を強く摘《つま》まれた。

「や……っ、く……ぅ……」

乳首を強く引っ張られると、痛みのような甘い刺激が突き上げ、ひくひくと体が震え出す。

「ハルトは敏感だな」

手のひらがゆっくりと動き、デュークの唇に乳首が含まれ、舌で弄《もてあそ》ばれる。

「あぅ……っ、あ、あ、デューク、さん……っ」

甘い刺激が全身に伝わり、彼の手が脇腹をさすると、太ももの内側が小刻みに揺れて、先走りの雫が滴るのが自分でわかった。

――気持ち……いい……。

ますます硬く尖る乳首が熱を帯び、指の腹で押し潰《つぶ》すように愛撫されて、腰から太ももにかけて、びくびくと震えてしまう。

初めての感覚に怯《おび》えるように体を強張《こわば》らせると、デュークの手が胸から腹部に滑り、さらに下がって晴斗の硬くなっている分身に触れた。

「やっ……んん……」

恥ずかしさのあまり身じろぐと、素早く口づけで動きを封じられてしまう。

「……ぅ……っ、ん……っ」

腰を掴んで引き寄せられ、彼の手が優しく晴斗の分身を擦り上げた。

「……あぁっ……デュークさ……んっ」

ゆっくりと丁寧に撫でられ、じんわりとした熱が体の奥から込み上げてくる。デュークは片手で晴斗の両手を頭上で縫い留め、唇で首筋を辿り、甘く噛みついた。

「く……ぅ……は……っ、あ……」

思わず噛みしめるような息が漏れた。彼の唇が熱くて、全身が火を点《つ》けられたように燃え上がる。

「もう少しほぐした方がいい。ハルト、男同士でする時は、ここを使う」

香油でたっぷりと指を濡らしたデュークが晴斗の後ろを探った。

「んんっ！　く、ぅ……」

「怖がらないでくれ」

窄《すぼ》まりに圧力がかかって、大きく身をよじる。ぐっと指先を少し入れられ、晴斗の肩が大きく波打った。

――デュークさんの指が……入ってきている……。

「や、あ……、あぁ……っ」

「痛いのか？」

「い、痛くは……ないです。でも……」

体内で蠢《うごめ》く彼の指の動きが艶めかしい。

懸命に声を抑えようとするが、彼に敏感な粘膜を強く捏《こ》ね回されてしまい、電流のような痺れが全身を駆け抜け、我慢できない。

「う……、あぁ……っ、くぅ……」

咥《くわ》え込んだ指が奥へと押し込まれ、狭路の最も感じやすい点を集中して擦り上げられる。じわりと目に涙が浮かび、晴斗は喉を見せて仰《の》け反《ぞ》った。

「やぁ、あぁっ、……んぅ……っ」

「ほぐれてきているから、指を二本に増やしても大丈夫そうだ」

二本目の指がぐぐっと押し入ってくる。自分の体内で蠢く二本の指の感覚に全身が強張った。

「……ひぅ……っ、あ……ぁ」

「落ち着いて、私の背中に手を回してくれ」

「あぁっ……デューク……さ……っ、く……、あぁ……」

彼の広い背中に手を回す。刹那、指がさらに奥へ進んだ。グリグリと指の腹で粘膜を擦られ、甘い刺激がじわりと全身に広がっていく。

「んあっ、や、あっ、んん……っ」

太ももの内側がひくひくと震え、荒い呼吸を繰り返し、腰が小刻みに跳ね上がる。

「ハルト、力を抜いてくれ」

どうやって力を抜いていいのかわからず、指がさらに三本に増やされた瞬間、いやいやをするように首を振った。

「も、もう……無理、です……できな……あぁぁ……っ」

彼の長い指で媚壁をゆっくりと擦り上げられた。

情念の炎を帯びた眼差しに射すくめられ、こくりと喉が鳴る。

奥まで潜り込んだ彼の長い三本の指がバラバラに動き、ある部分に当たった瞬間、びくんっと甘い電流のような疼きが走った。

「ひぅっ、そ、そこ、だめ……っ、おねが……」

「ここがいいのか？」

感じやすい場所をグチュグチュと掻き回され、粘膜を指先で擦られて、足先がガクガクと震え出した。

蕩《とろ》けるような苦しさが胸の中を覆いつくし、何も考えられなくなる。デュークが深く息をついた。

「ああ、ハルト――君の感じている顔がもっと見たい」

「あぁ……っ、んん……、デューク……さん……っ」

「ハルトの中……入口がきついのに、中は熱くて蕩けている」

何も思考できなくなり、彼が愛撫する動きに身悶《みもだ》えながら揺さぶられ、彼を受け入れたいという気持ちが湧き上がってくる。

彼は指を引き抜くと、手のひらで晴斗の欲望を包み込み、ゆっくりと手を動かし、裏筋を撫で上げてきた。

「あっ……あぁぁ……」

「――ハルト、私を受け入れてくれ」

耳朶を打つ低音の艶めいた囁きに、鼓動がドクドクと速まっていく。

長衣を脱ぎ去ったデュークの雄々しい上半身にコクリと晴斗の喉が鳴った。

筋肉が美しく張りつめている胸と、引き締まった腹筋。成熟した彼の裸体は、自分とはまるで違う。大人の男の肉体を前に思わず見惚《みと》れていると、逞しい上半身が晴斗へ覆いかぶさってきた。

「……ん……ぅ……」

唇が重ねられる。彼の唇が燃えるように熱くて、頭の中が霞んでいく。彼は啄むように口づけながら、ゆっくりと硬い楔《くさび》を窄まりへあてがった。

ほぐされた粘膜に触れる彼の分身の熱さに、びくんっと全身が震えた。

「ハルト……いいか？」

重ねて尋ねられ、こくりと頷くと、彼の指に愛撫されて蕩け切った窄まりに、ゆっくりと熱く滾《たぎ》る分身が押し当てられる。

「あ……、あぁっ……」

「そのまま力を抜いて、私にすべて任せてくれ。大丈夫だ――」

囁きとともに、耳朶を甘く噛まれた。

真っ直ぐに見つめられて、体が熱く疼く。次の瞬間……。

「ハルト――」

優しい声音で名を呼ばれ、彼が中に入ってきた。体を押し開かれる痛みに悲鳴に似た声が漏れてしまう。

「あぁぁぁっ……あっ……あっ！　んっ！　……く！」

目が眩《くら》むような圧力とともに、窄まりがめりめりと押し開かれ、初めて受け入れる指の何倍もの大きさと硬さの灼熱《しゃくねつ》に、晴斗の呼吸が止まった。

「……あぁ、い、痛いっ、……あ、あ、んっ……」

思わず上へ逃れようとするが、覆いかぶさられ、強く抱きしめられて逃れられない。

痛さに涙をこぼす晴斗を見つめ、彼は眉をひそめる。艶めかしさを感じるような深いため息をつき「ハルト」と名を呼ばれた。

「君の中を私で満たしたい。もう少し我慢してくれ」

彼は晴斗の体を掻き抱き、ゆっくりと内部を探るように奥へと腰を進めてしまう。

「……ぅ……、ん……っ、あぁ……っ」

「もう少し……」

晴斗は足を引き攣《つ》らせながら身悶えるが、グリグリと強く彼の分身が粘膜を押し開き、奥へ奥へと押し込まれていく。

「ん……、デューク……さ……っ、あっ、あ、あ……っ」

無意識のうちにぽろぽろと涙をこぼす晴斗の頬を、デュークが優しく撫でながら口づけてくれる。

――僕の中に……デューク……さんが……入っている……。

そう思うと、痛みにも耐えられる。晴斗が背中を弓なりにそらして体を開くと、デュークの灼熱が一気に根元まで押し込まれた。

「ああ——」

重い衝撃が全身を貫き、喉が反り返る。デュークに擦られた部分が熱くて痛くて気持ちいい。彼は脈打つ分身を最奥へと進め終わると、優しく囁いた。

「よく頑張ったな、ハルト……全部入ったよ」

熱い息をつき、息を乱したデュークが、深く身を沈めながらやわらかく口づけてくる。舌を挿入され、強く口腔内を愛撫されると、胸の奥が締めつけられて、苦しさを感じてしまう。

深々と突かれ、大きく背が仰け反り、乱れた髪が汗に濡れた頬に張りつく。デュークが髪を優しく撫でながら、何度も口づけを落とし、腰を動かした。

「あぅっ！　ん……っ、デューク……さ、ん……っ、デュー……、さ……」

うわごとのように彼の名を呼び、汗で濡れた広い背中にしがみつき、その力強い律動に身を委《ゆだ》ねる。

浅く深く時に激しく、時に緩やかな彼のリズムに翻弄《ほんろう》されて痛みが消散し、腰が淫らに揺れた。どんどん快感が高まり、背中が震え、内股《うちまた》がきゅうっと引き攣る。

彼は勢いよく腰を打ちつけ、狙《ねら》いすましたみたいに一番感じる場所を突いてきた。

「はぁ、はぁ……んく……、デューク……さ、ん……っ、あぁっ」

恍惚《こうこつ》の中で彼の名を呼ぶ。一度腰を引き、足が浮き上がるほどに深く突き上げられた。

内側で強烈な快感が弾《はじ》け、晴斗は肩を跳ね上げて身を震わせる。

かつて感じたことがない、甘い痺れに体がわななないて、自分の身に何が起きているのかわからないまま、咥え込まされた彼の分身を引き絞っていた。

「ハルト……」

彼が囁くようにつぶやき、最奥を穿《うが》たれた直後、鮮烈な快感が突き上げてきた。

きゅうきゅうと淫らな狭襞が収縮し、唇を深く重ね合わせたまま激しく打ちつけられて、晴斗は頂上へ押し上げられていく。

「あ、あああぁ……」

とどめのようにデュークが晴斗の首筋に吸いついた。唇と舌でねっとりとねぶられ、そのやわらかさを味わうようにじりじりと歯を食いこまされ、ぶるりと体が大きく跳ねる。

「ンっ……！　くぅ……あああっ……あああぁぁぁ……っ……」

「ハルト――くっ……」

体が浮遊するような恍惚感に、ひときわ高い声を放つと、デュークが掻き抱くように強く抱きしめて低く呻き、内側で強烈な快感と熱が爆《は》ぜた。

「はぁ、はっ、はぁ……」

デュークとほぼ同時に達した晴斗が、全身をくまなく満たしていく甘い痺れに静かに脱力すると、デュークが優しく瞼《まぶた》にキスを落とした。恋人にするようなキスに、胸の奥が切なく痺れる。

「──ハルト、大丈夫か？」

「デュークさん……あの」

「うん？」

彼はゆっくりと体を起こした。

「僕、あの……」

できればこのまま、この世界にいたいんですと言いたくなった刹那、ロレンツの顔が浮かんだ。晴斗の心臓が嫌な音を立てて引き絞られる。

──ロレンツさん、ごめんなさい……。

心の中でロレンツに謝罪し、晴斗は唇を噛みしめて顔を伏せた。

「どうした？　顔色が悪い」

「いいえ……あの……」

「落ち着いてくれ。謝罪が必要なら言ってほしい」

「しゃ、謝罪ですか……？　そんな……」

「君はラルム家に世話になっている立場上、断れなかった……無理やり抱いてすまない」

「ちが……、違います」

晴斗自身も望んだことだ。合意して関係を持ったのだから、デュークから謝ってもらう必要なんてない。晴斗は首を横に振るが、デュークの表情は強張ったままだ。

「先ほどのことは……できれば忘れてほしい」

「え？」

――デュークさんは忘れてしまうの……？

晴斗の体が小刻みに震え出す。潮風が肌を優しく撫で、波の音が聞こえるこの洞窟で彼と肌を重ねたことを晴斗は後悔していない。きっと何年経っても、日本へ帰ってからも、この時のことを忘れない。忘れるなんてできないと晴斗は思う。

「私はハルトが水獣バールに乗れたことが嬉しくて、興奮して君を抱いてしまった。愚かなことをしたと後悔している」

「……っ」

頭の中で彼の容赦ない言葉がぐるぐると回る。彼は晴斗と結ばれたことを後悔しているのだ。胸の奥が痺れて泣いてしまいそうになった。

……泣くな。デュークさんが困ってしまう。

震えている手をぐっと抑え、晴斗はかすれた声で答えた。

「ぼ、僕も……嬉しくてつい舞い上がってしまって……す、すぐに忘れます。日本に恋人がいますので……」

もっと言いようがあるのかもしれないが、こんな時はどう言えばいいのかわからなかった。

「そうだな、日本へ戻る方法がわかれば、すぐに知らせる。もう少し待っていてくれ」

「……はい、ありがとうございます」

晴斗はゆるゆるとうつむいた。

――この気持ちはもう封印しなくては……。好きな人に抱かれた。それだけで満足しなければいけない。

悲しみがどっと込み上げてきて、晴斗は急激に体が冷えていくのを感じた。

＊＊＊＊

デュークは窓の外を見つめた。漆黒の夜空に銀砂を撒《ま》いたような星々が煌《きら》めいているのを見てため息を落とす。

自室で書類に目を通していたが、まったく頭に入ってこない。脳裏をよぎるのはハルトの泣きそうな顔としなやかな体だ。

――デュークさん……デューク……さ……あぁぁ……。

何度も自分の名を呼ぶハルトの潤んだ瞳を思い出し、ぐっと拳を握りしめた。

背中に回ったハルトの手の感触、しなやかでやわらかな体を思い出すたび、胸の奥がジンと熱く疼いてしまう。

水獣バールに乗ろうと懸命に努力し、ようやく乗れたハルトの生き生きとした笑顔を見た時、もう駄目だと思った。

全身から強い欲情が——抱きしめたい、自分のものにしたいという衝動が抑えきれなくなってしまった。

彼が時折見せる表情から嫌われていないだろうと感じていたが、ハルトは異世界に恋人がいると知っていて、水獣バールに乗れて興奮していたあの時、あの場で抱きたいと告げたのは間違っていた。

「ハルト……」

肌を合わせればハルトが「異世界へ帰らない」と言ってくれるのではと、デュークは心のどこかで期待していた。

しかしその言葉はなく、行為が終わった後、我に返ったハルトは青ざめていた。

優しく真面目《まじめ》なハルトは、恋人を裏切ったことを後悔していた。やはり彼はニホンにいる恋人を深く愛しているのだろう。

——日本に恋人がいますので……すぐに忘れます。

ハルトの言葉が胸の奥深くを抉《えぐ》った。それでも彼を抱いた今、より強くそばにいてほしいと願わずにいられない。これからもハルトの顔を見たいし、声が聞きたい。

異世界へ帰ってほしくないと告げれば、きっとハルトを苦しめてしまう。

「ハルト……すまなかった」

静かな私室の空気に、デュークの謝罪が溶け、静寂に呑《の》まれた。

7

筋肉痛のような痛みが全身を包み、晴斗は目を覚ました。

起き上がると窄まりに違和感を覚え、昨日デュークに抱かれた記憶が蘇る。

「デュークさん……」

肌を重ねた時の、彼の熱を帯びた喘《あえ》ぎ声や逞しい体を思い出すと、どうにかなってしまいそうな切なさが胸の奥から突き上げてきた。

「デュークさん、後悔しているって……」

――愚かなことをしたと後悔している。そう言われた時の衝撃が思い出され、呼吸が止まる。

一体、自分の何がいけなかったのだろうか。初めてだったとはいえ、デュークを後悔させるほど自分は下手だったのか。

「デュークさん、ごめんなさい……」

目の奥がじわりと熱くなり、晴斗はあわてて奥歯をぐっと噛みしめた。

一度だけでいい、デュークに抱かれたかった。その希望がかなったのだからと心の中で繰り返しても、気持ちは浮上してくれない。デュークの顔を見るのが怖い。

天鵞絨《ビロード》のカーテンを開けると、眩しい日差しが高くにある。昨夜《ゆうべ》は遅くまで眠れなかったので、寝坊してしまったようだ。

廊下に出ていつものように貯水桶の水で顔を洗うと、晴斗は部屋に戻ってマーサが縫ってくれた服に着替える。長衣のボタンを留めていると、部屋の扉がノックされた。

「ハルトくん、俺だけど」

「ロレンツさん……？」

部屋に入ってきたロレンツを見ると、デュークに抱かれた罪悪感が胸を貫き、指先が震えてしまう。

「ハルトくん、どうしたんです？　朝食にも顔を出さないで。具合でも悪いのですか？」

心配そうな表情の彼に胸がひりひりと痛む。晴斗はあわてて首を左右に振った。

「あの、昨日バールに乗れたんですが、その時の、筋肉痛で……」

言い訳をすると、ロレンツは朱色の目を見開いて晴斗を見た。

「乗れたんですか？　それはよかった！　これでハルトくんも聖獣乗りになったんですね。しかも水獣バール。やりましたね！」

喜んでくれるロレンツに、晴斗の胸がチクチクと痛んだ。

胸の辺りをぐっと右手で握りしめて顔を伏せていると、ロレンツが顔を覗《のぞ》き込むようにした。

「なぜ、俺から目を逸らすのですか？」

「な、なんでもないです……ごめんなさい」

「なぜ謝るのですか？　おかしな人ですね。そういえば、今朝はデューク様も様子が変でしたね」

「デュークさんが……？」

晴斗は動揺して口を薄く開けたままロレンツを見つめた。

「ええ、あんな上の空のデューク様を見たのは初めてです。何かあったのでしょうか」

ロレンツは小首を傾《かし》げ、ふわりと笑った。

「まあいいでしょう。そうだハルトくん、これを見てください」

茶色の封筒から絵を取り出して見せてくれた。便箋《びんせん》に木炭で家族の絵が大きく描かれている。

「生き生きとして、上手な絵ですね」

「ええ、そうでしょう？　この一番背が高いのが俺で、隣にいるのが両親、そして弟たちと妹たちですね。この絵を描いた末妹のエレナは、体が弱くてよく熱を出すのですが、絵を描くのが好きで、いつの間にか上達していて驚きました。将来は絵師になるかもしれません」

誇らしげに微笑んで絵を見つめるロレンツの表情は、家族への深い愛情が満ちている。

「エレナのことも心配ですし、家族の様子を見に数日だけ戻ろうと思います。デューク様に今日から帰省することの許可をもらいました。ハルトくんに挨拶をしておこうと思って。三日ほど留守にしますので、よろしくお願いしますね」

晴斗は深く頷いた。

「わかりました、ロレンツさん。どうぞゆっくり帰省なさってください。ロレンツさんのご実家は山の向こうでしたね。どんなところですか？」

「ムロー村という田舎で、果樹園が多い地域なんです。美味《おい》しい果物をたくさん持って帰ってきますすね」

「楽しみです……ロレンツさんが戻られるまで、トミーのことは僕が守りますので、どうぞ安心して帰省してください」

ロレンツに安心して実家へ戻ってもらおうと思ってそう言うと、彼はくすっと笑った。

「ハルトくんも言うようになりましたね。さすが水獣バールの相棒です。頼りにしていますよ。それでは俺はそろそろ行きますね」

「はい……ロレンツさんどうぞお気をつけて。その絵を描いた末妹のエレナちゃんや皆さんに、どうぞよろしくお伝えください」

笑顔で頷き、ロレンツが部屋から出ていった。晴斗は彼を玄関アプローチまで見送ろうと、急いで後を追って階段を下りる。そこにデュークとトミーがいた。

「ハルトにーたん、おあよー」

「トミー、デュークさん……おはようございます……」

笑顔のトミーの後ろにデュークが立っていて、目が合ってしまい、びくっと晴斗の肩が揺れる。デュークが低い声で問う。

「朝食を食べずに部屋で休んでいるとマーサから聞いた。……体調が悪いのか、ハルト」

「え、あの、いいえ……」

素知らぬ顔をしなければと思うのに、動揺して目が泳ぎ、言葉に詰まってしまう。

「医術師を呼んだ方がよければ……」

「あ、そんな……大丈夫ですので」

「そうか、よかった」

深青色の双眸が優しく緩み、デュークが微笑んだ。ロレンツが今朝のデュークは様子がおかしいと言っていたが、晴斗が見たところ、彼はいつもと同じ穏やかな笑みを浮かべている。デュークから嫌な顔をされたり、避けられたりするのではないかと不安だった晴斗は、そのことに安堵した。

「それでは――二、三日で戻ります。行ってきます」

「行ってらっしゃい……！」

マーサとサザムも見送りに出てきて、みんなでロレンツに手を振った。

笑みを浮かべて手を振り返したロレンツが、玄関を出ると指笛を吹いた。じきに騎獣ウォルが駆けてきて、彼はひらりと飛び乗り、大切な家族が待つムロー村へと帰っていった。

「あの、デュークさん……」

「私は部屋で書類を整理している。何かあれば呼んでくれ」

デュークはいつもと変わらず自然体で接してくれているが、晴斗と二人きりになるのを避けるように、自室へ入ってしまった。

トミーはメイドのランと本を読んでいるので、晴斗は玄関アプローチを出て中庭を歩いた。空を見上げると厚い雲がかかっていて、なんだか嫌な胸騒ぎを覚える。

花に水をやっていると、ムロー村へ帰省したロレンツと入れ替わるように、ラルム邸へ来客があった。

ものすごい速さで栗毛の馬が駆けてきて、ひとりの男がひらりと飛び降りたのだ。

「あ……」

突然来訪したのは、肖像画で見た男性だった。黒色の長衣を纏《まと》った長身の彼は眼光が鋭く、中庭にいる晴斗を睨《にら》みつけるようにして問う。

「お前は誰だ？」

「僕はここでお世話になっていて……」

「ああ、居候か。デュークはいるか？」

「は、はい」

デュークの部屋の扉をノックし、来客だと告げると、彼はすぐに玄関アプローチへ下りてきた。

そこに立つ黒衣の男を見たデュークが破顔した。

「デモール！　久しぶりだな！」

「ああ……！　会いたかったぞ、デューク。三年ぶりだな」

二人は抱き合い、互いの肩を叩き合った。心から信頼する者へ向ける笑顔をデモールに向けながら、デュークはそばに立っている晴斗に彼を紹介してくれた。

「ハルト、私の親友のデモール・ターリだ。肖像画で見ただろう？　彼は騎士団の副団長を務めている。それに陸獣アロンの相棒で聖獣乗りだ」

デモールという彼も聖獣乗りだという。

切れ長の黒色の瞳に青紫の長髪、服も黒色で身長もデュークと同じくらい高い。そしてがっしりと逞しい体軀をした精悍《せいかん》な顔立ちの男性だ。

「傭兵を雇ったと噂で聞いたが、この小柄な男がそうか？」

「いや、傭兵をしているロレンツは三日ほど実家へ帰って留守にしている。彼はハルト・タチバナ。水獣バールの聖獣乗りだ」

紹介されて、晴斗は手を差し出した。

「初めまして、デモールさん。ハルトです」

「よろしく、ハルト」

大きな手は冷たかった。黒色の瞳がじっと晴斗を見つめる。

「へえ、ずいぶん華奢な男だな。とても聖獣乗りに見えない。しかも水獣バールか……！」

デモールは眉を上げて晴斗を見つめ、じきに視線をデュークへ向けた。

「ズローベルト国との関係が落ち着いているおかげで、国境警備を警吏班と交代し、休暇をもらえた。デューク、少しの間泊めてもらえるか。お前とゆっくり話がしたい」

「もちろんだ。なつかしい……。昔は私の方がデモールの家によく泊まらせてもらった」

「そうだったなぁ。二人で聖獣に乗って、よくガロウ山付近を走った。ノアールは元気か？」

「ああ、元気だ。陸獣アロンはどうだ？」

「相変わらず生意気だが元気だよ。また一緒に走ろうぜ」

「それは楽しみだ」

デュークとデモールは顔を見合わせて笑った。

晴斗が居間の長椅子に腰かけて、二人のやり取りを聞いていると、パタパタとマーサが走ってきた。

「ハルトさーん、お客様がお見えで……あらっ、デモールさんじゃありませんか！　お久しぶりですわ。アイリーン様がお亡くなりになって以来かしら」

「これは――マーサさん……！　お元気そうで何よりです」

デモールはマーサとも知り合いのようで、二人は笑顔で挨拶を交わしている。

「あ、そうでした、コーディ殿がお見えですわ。ハルトさんにお話があるとおっしゃってます。一階の客間にお通ししました」

「ありがとう、マーサさん」

晴斗が客間に入ると、椅子に座っていたコーディが笑顔で片手を上げた。

「ようハルト……！　昨日はすまなかったな。ひとりで水獣バールに乗る訓練をさせて」

「いいえ。コーディさん、聞いてください。僕、バールに乗れました」

「本当か？　やったな、ハルト！　バールに乗れたのか！　さすがだ……！」

満面の笑みを浮かべたコーディが両手で晴斗の背中をバシバシと叩いた。

「あいた……、コーディさん、ありがとうございます」

「やった、本当にやった！　いや本当に」

コーディがものすごく喜んでくれて、晴斗も嬉しくなる。ふと、彼の娘のことを思い出した。

「……コーディさん、ニーナちゃんは大丈夫でしたか？」

愛娘《まなむすめ》の名前に、ハッと動きを止めたコーディが、目尻を下げて泣きそうな顔になった。

「ハルト……おかげさまで、娘は熱も下がってすっかり元気になったよ。白無花果の種は毒性があるから誤食したと聞いた時は心臓が止まるかと思ったが、今は食欲もあるんだ」

「よかったです……！」

「そうだ、これこれ。これを届けに来たんだ。前に話しただろう。オレの祖父、ハールドじいさんに異世界から来た知り合いがいたって。その異界人が置いていった帳面を読めないけれど、じいさんがずっと預かっていた。じいさんが亡くなってからはナーシャばあちゃんが保管していたんだ。ほらこれ。きれいな状態だろう？」

コーディが肩に下げた布製のバッグから古いノートを取り出した。少し黄ばんでいるが白色の表紙は四十数年も経っているとは思えないほどきれいだ。

手に取った晴斗は、表紙に書かれてある文字を見て目を見開いた。そこには女性の文字で『谷口《たにぐち》雪乃の日記』と日本語で書かれていた。

「谷口、雪乃……？　僕のおばあちゃんと同じ名前だ……どうして……？」

「へ？　ハルト読めるのか？」

「はい、これ日本語だから」

コーディが目を丸くした。

「うわ、すごい。ハルトは読めるのか。それはよかった。ばあちゃんに訊いたらよく覚えていて、異界人っていうと、すぐにこの帳面を出してきてくれた。ハルトに貸しておくからゆっくり読んでくれ」

「お言葉に甘えて、お借りします」

ぺこりと頭を下げると、コーディが「どうぞ、どうぞ」と笑顔で頷く。

「今日は妻とニーナと、馬車で王都まで買い物へ行く予定なんだ。そろそろ帰るよ。どうか、デューク団長によろしく伝えてくれ」

玄関先まで見送り、コーディに改めてお礼を言う。彼は笑顔で手を振り、愛馬に乗って帰っていった。

ざわざわと風が強く吹き、ラルム邸の木々を揺らした。晴斗は急いで自室へ戻り、改めてその白色の帳面を見つめる。

「どうして、おばあちゃんの名前が……」

同姓同名だろうかと考えながら、ノートを開いた。丸っこくて女性っぽい筆跡は記憶にある母方の祖母の字によく似ている。

「これは……」

晴斗は鼓動が逸《はや》るのを感じた。

それは、谷口雪乃という女性がこの異世界に来た時のことが詳しく記されていた。

『あたしの名前は谷口雪乃。日本人です――。漁師をしている父の次女として生まれ、看護学校を卒業し、市内の病院に看護婦として勤務していました。

夜勤明けで帰宅した日、海のそばを歩いて家へ帰っていると、ふいに頭上から男性の声が聞こえてきたのです。助けてくれと。仕事柄、「どうしました？　怪我をしたのですか？」と返事をした途端、周りの景色がぐにゃりと歪《ゆが》み、あたしは意識を失いました。

気がついた時には、こっちの世界にいました。薄暗い森の中で、目の前には茶色の髪と瞳をした大柄な男性が足を押さえて呻いていました。崖《がけ》から落ちたようです。

その人は骨折していました。あたしは恐る恐る彼に近づき、身振りで看護婦だと伝えました……』

雪乃は言葉が通じないながら、その男性に応急処置をして家まで送ってやった。それが縁で、行くあてがなく言葉もわからない雪乃は、その助けた男性……ハールド・ギルーという男の家に泊まらせてもらうことになる。

その男性は占星術師だった。彼からリツィ川近くの清水を飲むように勧められた雪乃はそのとおりにすると、言葉がわかるようになった。

一緒に過ごすうち、雪乃は徐々にハールドに惹かれていく。しかし彼には、おとなしくて優しいナーシャという婚約者がいた。

雪乃はこちらの世界にいる聖獣に驚きながらも、ハールドとナーシャに助けられてだんだんと生活に慣れていく。

　ひと月が経った頃、ナーシャに隠れるようにして、ハールドと雪乃は深い関係になった。

　日記には、当時の雪乃の苦しみが詳細に記されている。

『……ごめんなさい。あんなに優しくしてくれるナーシャさんを裏切って――それでも、ハールドを愛してしまったのです。本当にごめんなさい。

　この気持ちを止めることはできませんでした。あたしはハールドが好き……。ごめんなさいナーシャさん。本当に、ごめんなさい……』

　胸が苦しくなるような、謝罪の言葉が綴《つづ》られている。そして二月が経った頃……。

『なんだか胸やけがしています。これは悪阻《つわり》の症状？　生理もきていません。ああ、あたしはハールドの子供を妊娠してしまった――。

　ハールドにはナーシャさんという婚約者がいるのに……。それでも、ハールドの子供を身籠《みごも》ったとわかったとき、あたしは嬉しかった。

　生みたい……。ハールドの子供を――。でも、ナーシャさんの気持ちを考えると……』

　雪乃はハールドに打ち明けられないまま迷い続ける。

　その間に――ハールドは占星術で異世界への帰り方を突き止めてしまった。

『ハールドが言いました。「ユキノ、ニホンへ戻る方法がわかったよ。満月の夜に入口に立ち、月光を見つめて帰りたいと願うことで時空が繋がるんだ」と――。

あたしは呆然《ぼうぜん》とハールドを見つめました。

どうして彼は帰る方法を見つけてしまったのでしょう。あたしはハールドのそばにいたいのに……。

彼はあたしに帰ってほしいと思っているのでしょうか。あたしのことはただの遊びだったのでしょうか……？』

ページをめくりながら、晴斗はコクリと喉を鳴らした。日本への戻り方を探してくれているデュークへの自分の想いが重なり、読むのが辛くなってしまう。

ハールドは、日本へ帰る方法がわかってから、雪乃への態度が冷たく変化した。雪乃は妊娠したことを話せず、二人の気持ちがすれ違ったまま、満月の夜を迎える。

『ハールドはもう、あたしへの気持ちは冷めてしまったようです。

妊娠していることは言わず、あたしは日本へ帰ります。そして、ひとりでこの子を……ハールドの子を産んで育てます。

このノートは置いていきます。いつか誰かが読んで、ハールドに「ユキノは君の子をニホンで育てている」と伝えてくれることを願って……。

愛しています、ハールド。あなたと過ごした日々を胸に、これからはひとりで生きていきます』

ここで日記は終わっている。おそらくこの後、雪乃は日本へ戻れたのだろう。

晴斗は目を閉じ、小さく息をついた。

「これ……やっぱり僕のおばあちゃんだ」

晴斗の母には父親がいない。看護師をしていた祖母の雪乃が、晴斗の母を女手ひとつで育てたのだ。

働き者で優しい祖母は、海が好きだった。きっと海を見ながら、水獣バールの相棒だったハールドと過ごした日々を思い出していたのだろう。

もう一度日記を最初から読み直すと、雪乃の胸を焦がすようなハールドへの想いに圧倒される。

晴斗は帳面をそっと指で撫でた。

「ハールドさんが亡くなったのは十年前って、コーディさんが言っていた。おばあちゃんが亡くなった時と同じくらいだね」

今頃、天国で再会しているだろうか。もしかしたら、雪乃がハールドを迎えに行ったのかもしれない。

「おばあちゃん、今生では結ばれなかったけれど、コーディさんのおじいさん、ハールドさんはこの読めないノートをずっとそばに置いていたんだって。宝物だと言っていたんだって。亡くなってからは、ハールドさんの奥さんのナーシャさんが大切に保管してくれていたって」

もしかすると、ナーシャは彼と雪乃の関係に気づいていたのかもしれないと、雪乃の日記に綴られていた。それでも雪乃に対する態度はいつも優しかった。だからこそ、雪乃はナーシャの立場を尊重して、ひとり日本へ戻ってきたのだろう。

「おばあちゃん……」

祖母の笑顔を思い出す。ひとりで生きた祖母だったが、胸を掻きむしるような熱い恋をして、母を生んだ。祖母は幸せだったのだと、晴斗は思う。

晴斗はもう一度、異世界への戻り方が書かれたページを見つめる。

「満月の夜に入口に立ち、月光を見つめて帰りたいと願うことで時空が繋がる……この、入口って？　あ……最初にこの世界に来た場所のこと？　倒れていたリツィ川の手前の草原だ」

満月の夜、トミーを助けたあの川のそばに立ち、帰りたいと願えば戻れるのだ。

とうとう日本へ戻る方法がわかったというのに、砂を嚙むような切ない気持ちが胸の奥へ広がり、晴斗はざわざわと風が強くラルム邸の木々を揺らす音を聞いていた。

デモールはラルム家の二階の奥の客間へ泊まることになった。

晴斗はコーディから聞いたことをデュークに伝えようと思いながら、ずっとデモールがそばにいるので、なんとなく話しかけにくかった。肌を重ねてからまだ二人きりで話していない晴斗は、気まずい思いがあり、言い出せずにいる。

――どうしよう、でも、言わないと。

デュークは晴斗のために、王宮資料館や他の場所へ行き、異世界へ戻る方法を調べてくれているのだ。早く伝えたいと思う反面、彼がなんと言うか不安だった。悩んでいるうちに日が暮れてきた。

ふいに眉根を寄せたデュークが、晴斗の部屋へ来た。

「デュークさん……？」

驚いている晴斗に、彼は低い声で尋ねる。

「昼前にコーディ分隊長が来ていたので、気になっていた。なんの話だった？」

やはり勘のいい人だと思いながら、晴斗はぐっと拳を握りしめる。もう正直に話すしかないと思った。

「僕がバールに乗れたことを報告すると、喜んでくれました。それから、コーディさんが今日来たのは、異世界へ戻る方法について教えてくれたんです……」

「確か、コーディの祖父と父は占星術師だったな。それで、わかったのか？」

晴斗は唇を噛みしめて頷いた。

「はい。満月の夜に入口に立ち、帰りたいと願うことだと――。入口とは、最初にいたところのことだと思います」

そこまで一気に話すと、腕を組むようにして聞いていたデュークが小さく息をついた。

「そうか……」

デュークはそれだけ言うと、すっと立ち上がって窓に近づいて外を見つめた。

部屋の空気が少なくなっていくような息苦しさを感じ、晴斗は身動きが取れなくなる。

「あの、デュークさ……」

「今は新月……いや繊月だな」

「そ、そうなんですか？」

晴斗も窓の外を見上げた。漆黒の夜空に三日月よりも細い月が浮かんでいる。

少しの間、黙ったまま二人で月を見つめていた。じきにデュークがゆっくりとした口調で尋ねる。

「それじゃあ、ハルトは次の満月にはニホンへ帰るのか？」

「………」

自分でもどうしようか迷っている。胸の中を切ない気持ちが渦巻いて、どうすればいいのかわからない。

「――できることなら……」

「うん？」

帰らなくていいと誰かに言ってほしかった。いや、デュークに言ってほしい。

なんて厚かましい願いだろう。雪乃は、祖母は愛する人の幸せのため、ひとりで日本へ戻ったのに。

「僕、は……」

どこにも馴染《なじ》めない。異世界でも同じだった。胸の奥に穴が開いたような痛みを感じ、言葉が出てこない。

「――ニホンへ戻る方法がわかって、よかったな、ハルト」

ぼんやりと思考していた晴斗は、デュークの淡々とした言葉に驚いて顔を上げた。

彼の精悍な顔には、いつもと同じ穏やかな表情が浮かび、窓を背にしてじっとこちらを見つめていた。

耳が痛くなるような沈黙が募る。デュークは晴斗が日本に戻れることをよかったと喜んでいるのだ。

鋭利な刃先で心臓を衝《つ》かれるような痛みが走り、喘ぐように呼吸して、声を振り絞る。

「……僕は……でも」

自分が何を言いたいのかわからず、それ以上言葉が続かない。

デュークはしばらく黙って考えるようにしていたが、晴斗の方を向かず、踵を返した。

静かに扉が閉まると、誰もいない部屋で晴斗は目を閉じた。雪乃の文字が鮮やかに瞼に蘇る。

『好きです、ハールド。

望んではいけないのに、できることならこのまま、あなたとずっと一緒にいたい。

声が聞きたい。触れてほしい。

あなたのいる世界で生きていきたい――』

胸を焦がすような熱い想いを抱き、それでも雪乃はひとりで日本へ戻った。

そして晴斗の母である春菜《はるな》を生み、ひとりで育て、こちらの世界へ戻ることなく、日本で亡くなった――。

「おばあちゃん、僕は……デュークさんのそばにいたい……、これから先も……」

言葉にすると、彼は困るだろう。

誰よりも、デュークに幸せになってほしい。だから言えない。

「デュークさん……」

晴斗は強く唇を噛みしめ、雪乃が遺した帳面を見つめ続けた。

8

中庭を通って厨房《ちゅうぼう》に向かうと、そよそよと風が吹き抜けた。庭園の花々を揺らして、さわさわと緑葉が音を立てている。

「おはようございます、マーサさん」

「ハルトさんおはようございます。今朝は晴れましたわね」

昨日の曇天が嘘《うそ》のように今朝は青空が広がっている。中庭の井戸へ貯水桶の水を汲《く》みに行った晴斗は、デュークの愛馬が馬舎にいないことに気づいてマーサに尋ねた。

「あの……黒馬がいないけれど、デュークさんはお出かけされたのでしょうか？」

「ええ、朝早く王宮へ。なんでもズローベルト国からの使者が王宮へ来ているらしくて」

「確かそこは敵国では……」

マーサの隣で薪《たきぎ》の準備をしていたサザムが、髭《ひげ》の中の顔をほころばせた。

「なあに、最近はおとなしくなっているし、デューク様は外交能力も優れている。大丈夫だよ」

デュークが危ない目に遭うのではと心配だった晴斗はほっとした。

「失礼します。あの……皆さんにお報《しら》せしたいことが」

メイドのランが厨房に入ってきた。なんだか顔色が悪い。

マーサが「どうしたの、ラン？」と小首を傾げると、ランがおずおずと報告する。

「昨日から泊まってらっしゃるデモールさんとおっしゃる方のことです……なんだか様子がおかしいんです。すべての部屋を開けて、じろじろと室内を見渡していました」

マーサが「まあ、何を言っているの」と一笑に付した。

「デモールさんはデューク様が十二、三歳くらいからずっと仲のよいお友達なのよ。このお屋敷にもよく遊びに来ていたから、なつかしいんじゃないかしら」

ランはぐっとエプロンをきつく握りしめた。

「でも……あの方は昨日、廊下でトミー様とすれ違った時、トミー様を突き飛ばしたんです」

「ええっ？　デモールさんが？　何かの間違いですわ。そんな意地悪をなさる方ではありませんわよ」

マーサが明るい声音で言うと、ランは「そうですか」と小さくつぶやいた。

まだ納得できていないようだが、それ以上何も言わずに、マーサを手伝って包丁で野菜を切り始めた。

サザムが火打石で火を熾《おこ》してかまどに鍋《なべ》を置くと、パチパチと炎が揺らいだ。彼が元気よく言う。

「ハルトさん、トミー坊ちゃんとデモールさんを起こしてきてもらえますか。すぐに朝食ができますんで」

「わかりました」

厨房から食堂を通り、螺旋《らせん》階段を上がって、二階の廊下で晴斗は足を止めた。そこにデモールがいたのだ。

トミーの部屋の前に立ったデモールが、扉を細く開け、室内を覗いている。

先ほどランが言っていたとおりだ。眉間に縦皺を刻んだ険しいデモールの横顔に胸の奥がざわめいて、晴斗は思い切って声をかけた。

「おはようございます、デモールさん」

デモールはぴくりと肩を揺らして、トミーの部屋の扉を閉めて振り返った。

「ああ、おはよう。確かハルト……だったね」

晴斗が何か言う前に、デモールが付け足した。

「――トミーくんの寝顔が可愛いから、つい覗いていたんだよ」

ゆっくりと晴斗の方へ近づいてきて、口角を上げる。

「君は夜、ひとりで寝ているのか？　それともデュークと一緒に？」

不意打ちの言葉に、ドキンと心臓が高鳴った。

「な……いいえ、あの……」

距離を置くように一歩さがると、デモールは黒色の双眸を眇めるようにして晴斗を見た。

「冗談だよ。そんな緊張した顔をして、君は本当におもしろいな」

そう言ったデモールの目は笑っていない。晴斗は背中が凍りつくような感覚に包まれたが、デモールはそれ以上何も言わず、鼻歌を歌いながら螺旋階段を下りていった。

朝食の後、晴斗はトミーと一緒に部屋で絵を描いて過ごしながら、デモールの様子を覗《うかが》った。

彼は屋敷内をうろうろと見て回り、中庭や庭園の様子をじっと見ている。

マーサはなつかしいから見ているのではと言っていたけれど、そんな感じじゃないと晴斗は感じていた。

気になったのはデモールの表情だ。デュークがいる時は笑顔なのに、今は別人のように冷たい目と無表情な顔で、屋敷内を見ているのだ。

昼を過ぎた頃、デュークが王宮から黒馬で戻ってきた。デモールのことを伝えたくて、晴斗はいち早く馬舎へ走った。

「お帰りなさい、デュークさん」

わざわざ馬舎まで迎えに行くのは初めてだったので、声をかけるとデュークは驚いた表情になったが、じきにいつものように穏やかに微笑んだ。

「――ただいま、ハルト」

デュークは愛馬に水を与えて休ませると、晴斗と向かい合った。

「どうした？　何かあったのか？」

「あの……デュークさん、お仕事、どうでしたか」

気になっていたことを先に訊いてみた。

「ああ、来年我が国で開催予定の大陸和平会議について、ズローベルト国からの使者が安全保障に関する詳細条件を伝えてきた。来月修正案を協議することが決定し、彼らは大まかな案をまとめて帰国した」

何事もなくズローベルト国からの使者が帰国したようで、よかったと晴斗は安堵した。

「それより、トミーとデモールは？　ハルトと一緒じゃないのか？」

「トミーは昼食後のお昼寝中で、メイドのランがそばについています。デモールさんは……今はお部屋にいらっしゃいます」

「そうか――」

「あの、デモールさんのことですが……休暇中とのことですが、ご実家には戻られないのでしょうか」

「デモールの家は遠い。最南端のカドル町だ」

「でも……陸獣に乗ったら、すぐに帰れると思いますが……」

「ハルト、どうした？」

デュークが形のよい眉根を寄せている。

もちろん晴斗は、デモールを泊めないでほしいなんて言える立場にない。自分だってラルム家の屋敷へ居候させてもらっているのだから。

でも……と晴斗はぐっと拳を握りしめた。

「あのっ……、デモールさんの様子が少しおかしいんです。トミーの部屋を覗いたり、ラルム家の部屋をこっそり開けて室内を見ていたり……」

トミーを突き飛ばしたところは見ていないので、黙っておこうと思った。デュークを傷つけたくなかった。

「デモールが？」

「はい」

デュークの端整な顔にじっと見つめられ、思わず晴斗は顔を伏せた。ひどくドキドキしてしまう。混乱している晴斗に、デュークが静かに口を開いた。

「ハルト……なぜデモールを悪く言う？」

低い声音に、驚いて視線を上げると、デュークは表情を強張らせて晴斗を睨んでいた。

ドクンと心臓が嫌な音を立てる。

「わ、悪口じゃないんです。様子がおかしいので、気をつけてほしくて」

鋭い眼差しに、小さく息を呑んで答えると、デュークは首を左右に振った。

「デモールは私の親友だ。いくらハルトでも、彼を侮辱することは許さない……！」

怒りを湛《たた》えた口調に、頭の中が真っ白になっていく。心のどこかで、デュークは自分の言葉を信じてくれると思っていた……。

「昔から、互いの家に泊まり合っていた。別に部屋を見たところで問題はない」

こくりと、込み上げてくる熱い塊を飲み下すと同時に胸の奥が疼くように痛んだ。

デュークが最も信頼している人間はデモールなのかもしれない。少なくとも、自分よりは。

「あ、あの……」

信じてもらえなかったことで、喉の奥がひりひりと痛み、晴斗はそれ以上何も言えなくなった。

「………」

デュークは晴斗の横を通り過ぎ、屋敷の玄関へ消えていった。

晴斗はしばらくその場から動けなかった。どのくらいそうしていただろう。

「ハルトさん、馬舎の前にぼぅっと立ってどうしたんだい？」

サザムが声をかけてきた。貯水桶を持っている彼は、中庭の井戸へ水を汲みに来て、通りかかったのだろう。

晴斗はあわてて「なんでもないです」と小声で言った。

「うーん、ハルトさんなんだか元気がないようだけど……そういえば、おひとりで馬に乗れるようになったのですね。お天気もいいし、遠乗りへでも出かけられてはどうです？」

「遠乗り……ですか。そうですね」

確かに、落ち込んだ気持ちを馬に乗ることで霧散させるのはいい考えだ。晴斗はこくりと頷いた。

「僕、馬で近くを駆けてきます、サザムさん」

「それがいいですよ。気晴らしになるでしょう。どうぞごゆっくり」

励ますように、サザムが肩に手を置いてくれた。

晴斗は馬舎で乗れるようになった栗毛の馬に鞍をつけ、よじ登る。

「どう、どう」

振り落とされないように手綱をしっかり握ると、勢いよく駆けさせた。

屋敷を出て、真っ直ぐな道を走っていると、風が晴斗の茶色の髪を優しく揺らしていく。

「デュークさん……」

胸の奥にデュークの顔が去来している。笑っている顔、穏やかに微笑んでいる顔、怒った顔も――。

「僕は……こんなにデュークさんのことが好きになっていたんだ……」

疼くような熱い気持ちが大きくふくらみ、胸が張り裂けそうになる。

ここが自分の居場所ならいいのにと願ってしまう気持ちを、振り切るように唇を嚙みしめ、手綱を強く握った。

脳裏にあの帳面に記された祖母、雪乃の筆跡が浮かんだ。

『ハールド、愛しています。これから先もずっとあなただけを想い続けるでしょう。この世界を出たら、もう生きて出会えることはないかもしれません。それでも……あたしはここを去ります。ハールドの幸せのために。

願わくば、あたしたちの愛の結晶が別の世界で生きていることを……そして誰よりも愛しているあたしの気持ちを……誰かハールドに伝えてください。

愛しています、ハールド。どうかナーシャさんと幸せに……』

僕も、僕にできること。

デュークさんとロレンツさんの幸せを邪魔しないために、できること――。

晴斗の目に涙が浮かび、振り切るように馬の腹を足で押さえ、スピードを上げた。

＊＊＊＊

デュークは自室へ戻ると、長剣を壁に立てかけ、マントを取りながら窓から馬舎を見た。ハルトは傷ついたような顔をしていたが、サザムと話した後、ぎこちなく栗毛の馬に鞍をつけて乗っていった。そんなハルトを見て胸が痛んだ。

ハルトの性格はよくわかっているつもりだ。あんな悪口を言うような彼は珍しい。きつい言い方しかできなかったが、今から考えても他になんと言えばよかったのかわからない。

デモールは親友で、下級貴族家の出身である彼は懸命に努力して騎士団に入り、副団長にまでなった。

爵位を凍結されていた複雑なラルム家の境遇の自分とは気が合い、十二歳の時から親しくしてきた。今は国境警備の任に就いているのでなかなか会えない。三年ぶりにこうして元気な姿を見せてくれて本当に嬉しかった。

「ハルト……」

まさかコーディが異世界へ戻る方法を知っていたなんて。しかもそのことをハルトから聞かされて、自分で思っていた以上に衝撃を受けた。

ニホンへ戻れると嬉々《きき》としているハルトを見ていると、胸の奥にくすぶっている言葉

――この世界へ残ってほしい――その言葉を伝えることはできなかった。

ハルトにはニホンに大切な家族と恋人がいる。気持ちを吐露して残ってほしいと言えば、優しいハルトを苦しめてしまう。

それでも、もし――ハルトの中に少しでも戸惑いがあるのなら。

言葉にして伝えてもいいだろうか。ここへ残ってほしいと。恋人より、家族より、故郷さえ捨てて、自分を選んでほしいと。

あの日、洞窟でハルトを抱いた時から――彼のなめらかな肌、熱い吐息を思い出し、何度も「デュークさん」と呼んでくれた声音が耳から離れない。

ハルトを見るたびに告げたい言葉を呑み込み、気持ちを抑えてきた。そのせいか二人きりになるのを避けて気まずい状態が続いている。

自己満足のために想いを伝えてはいけない。ハルトから残りたいと言ってくれるのを待つのだと決めたのに、胸の奥で葛藤《かっとう》が続いている。

「ハルト……」

デュークは拳を握りしめた。

「それにしても、ハルトはなぜあんなことを……デモールがトミーの部屋を覗いていた？」

彼は何度もこの屋敷へ来ている親友だ。アイリーンが亡くなった後、国境警備に就いてからは来られなくなったが、きっとトミーのことも息子同然に想ってくれているのだろう。

そう思うが、ハルトの口ぶりは違っていた。どうもデモールがラルム家に泊まることに反対しているようだった。もしかするとデモールに嫉妬《しっと》しているのかも――。

「……嫉妬？」

まさか、自分とデモールの関係を疑って？

デュークは口元を手で覆った。まさかと思いながらも、込み上げてくるのはあたたかな欣幸《きんこう》だった。

「ハルト……」

初めて彼を抱いた日、ハルトは水獣バールに乗れた嬉しさに興奮していた。それにつけ込むようにして関係を持ったが、きちんと気持ちを伝えず、曖昧《あいまい》なまま体だけ重ねてしまった。

何よりハルトの気持ちを知るのは怖かった。今までこんな不安な気持ちになったことはなかった。拒絶されるのが怖くて気持ちを伝えられず、そのくせ自分だけのものにしたいと切に思う。卑怯《ひきょう》ではないかと改めてデュークは自分を顧みた。

――ハルトが遠乗りから戻ったら、きちんと話し合いたい。

男らしく気持ちを告げ、この世界へ残ってほしいと請うのだ。それでもし、ハルトが恋人のいるニホンを選んだ時は……。

不安がチリチリと胸を焦がすように広がり、デュークは口元を引き締めた。それでもハルトの幸せが最優先される……。

そんなことを考えていると、ノックとともにデモールが入ってきた。彼が両手で持っている大きな木製のトレイに、酒とグラスと湯気が出ているおかずが載っている。

「どうした、ぼぅっとして。久しぶりに飲もうぜ、デューク」

「ああ、そうだな」

長椅子にデュークとデモールが向かい合って座り、卓に木製のトレイを置いてデモールがグラスに酒を注《つ》いだ。

「我が親友デュークとの再会を祝して——乾杯」

「乾杯……！」

グラスを掲げるようにした後、デモールがごくごくと酒を飲んだ。デュークもグラスを傾ける。強い酒だ。デモールはすぐにおかずを小皿に分け始めた。

「これは葱《ねぎ》ダレ巻といって、小麦粉を薄く伸ばした生地で葱を巻き、焼いて甘辛のタレをつけたものだ。厨房を借りて作った」

「デモールが作ってくれたのか？　そうか……」

デュークは熱々のそれをフォークで口に運ぶ。生地がカリカリでタレが絡んだ葱の食感がなんとも言えないほど美味しい。

「ん……、これは美味しい。デモールが料理上手とは知らなかった。酒とも合う」

「だろう？　独身だから料理の腕も上がったんだ。……ところで、あれはアイリーンの肖像画じゃなかったか？」

デモールの視線の先には、机上に伏せられた肖像画があった。

一階の大きな肖像画はそのままだが、ハルトを抱いた日から、自室の机上のアイリーンの肖像画は、見えないように伏せていた。

「……デューク、恋人ができたのか？」

真剣な声音で問われ、デュークはグラスを卓へ置いた。

「……いや、まだ……」

「好きな人ができたんじゃないのか。隠さないでくれ。親友だろう？」

「デモール、まだ告白していない。それに……」

「ふうん、まだ告白していないのか。相手はハルトという男だろう？」

「……！」

なぜわかったのだとデュークが瞠目すると、デモールがくくと喉を鳴らして笑った。

「お前が同性を好きになるとは驚いたよ。アイリーンよりも好きなのか？」

デモールの目の奥で青白い炎が揺れていることに、デュークは初めて気づいた。そっとグラスへ視線を流し、低く問う。

「――デモール、この酒の中に、何を入れた？　それから料理にも……」

「さすが騎士団長、無味無臭なのに、気づくのが早いな」

今までに見たことのない血走った目をして、ニヤリと親友が笑った。

ぞくりと背筋が凍った。次の瞬間、手足が痺れ出し、デュークは前のめるように頽《くずお》れる。

「……何を入れた、デモール……！」

「毒じゃないから安心しろ。即効性の痺れと強い睡眠の両方を促す薬草を入れた。小一時間ほど、立つこともできないはずだ」

膝をついたデュークは荒い呼吸を繰り返しながらデモールを見上げた。親友の目の奥に悪意の炎が見え、デュークは強く唇を嚙みしめる。

「デモール……っ、なぜ……」

「お前はいつもそうだ。周囲の人間の気持ちに気づいていない。知らなかっただろう、わたしはアイリーンを愛していた。お前の婚約者として知り合った時からずっと――」

「デモールが……アイリーンを？」

額に汗を滲《にじ》ませたデュークが、信じられないという顔になった。

「そんなに驚くなよ。アイリーンに気持ちを打ち明けることはしなかったさ。彼女はお前に心底惚《ほ》れていたからな。彼女が幸せならいいと思っていた。それなのにアイリーンは若くして亡くなってしまった……！　あの子を産まなければ、アイリーンは今も元気に生きていた。トミー・ラルムは呪《のろ》われた子供だ。アイリーンの命を奪った」

「デモール！　違う！　……呪われた子供……まさか、あの手紙はデモールが？」

悪辣《あくらつ》とした表情のデモールがデュークを見下ろしている。

「騎士団長の息子が盗賊団に狙われたことを定例報告会で聞いた。その時思ったのだ。やはり呪われた子供は排除すべきだと……！」

「違う！　トミーは呪われてなどいない。アイリーンは肺炎で亡くなった。デモール、考えを改めてくれ！」

「……お前はアイリーンの葬儀の時、泣かなかった。あれほどお前を愛していたアイリーンが可哀想《かわいそう》だ。お前はアイリーンを愛していなかった」

「……デモール！　違う……！」

デュークは奥歯を噛みしめながら立ち上がろうとするが、目が霞み、体が思うように動かない。

「うぅ……くっ……」

「パパ――ッ、だいどーぶ？」

トミーの声が耳朶を打ち、デュークが目を見開いて顔を上げると、トミーを抱いたロレンツがデュークの部屋の入口に立っていた。

トミーは小さな体をゆすって、懸命に下りてデュークの方へ来ようと手をばたつかせているが、ロレンツが黙ったままトミーを強く抱きしめているので、身動きがとれないようだ。

「ロレンツ……！　君は帰省しているはず……」

「……デモールさんに呼ばれて戻ってきたんです。すみませんがトミー様を連れていきます」

「なっ……、トミー……！」

立ち上がろうとするが、バランスを崩したデュークはその場に倒れてしまう。這《は》うようにして立てかけた長剣を摑もうとしていると、手が痺れて鈍い音を立てて剣が卓の脚にぶつかった。

「ロレンツにーたん、パパをたしゅけて！」

「……」

「ロレンツにーたん？」

トミーを抱いたまま、ロレンツはデモールの隣へ並ぶように立って動かない。

「そうだ、ロレンツはわたしがラルム家へ送り込んだ。こいつは腕の立つ傭兵として名が通っているから知っていた。幼い妹がやっかいな目の病気に罹《かか》っていて、手術をしなければ失明する。だからこいつは金が必要なんだ。ラルム家から高い賃金をもらいながら、トミーの誘拐に協力すればその倍の金額を支払うとわたしが約束した」

「ロレンツ……妹さんの目が——？」

デュークは驚いた。ロレンツに弟や妹がたくさんいると聞いていたが、目の病気のことはまったく知らなかった。

「なぜ話してくれなかった……」

言いかけてギリッとデュークは唇を噛みしめた。ロレンツの気持ちにまったく気づいていなかった自分に舌打ちする。

国内でも数少ない聖獣乗りという立場にありながら、爵位を持たない庶民のため騎士団に入れなかったロレンツが、家族のためとはいえ、騎士団長の自分に金を無心するはずがない。

ようやく、デュークに告白してきたロレンツの気持ちを理解する。結婚したいと言ったのは妹の手術のためだった。

「ロレンツには、デュークのことを報告してもらっていた。アイリーン亡き後、メイドや他の女に手を出していないか、気になっていた。ハルトという男が来て、お前が惹かれていることも知っている」

「ハルトは——ハルトに……手を出すな……！」

「もういい、デューク。痺れと睡眠を促す薬草の威力でそろそろ意識が朦朧《もうろう》となる頃だろう。呪われた子供はもらっていく」

「デモール——やめろ……っ」

「助けたければ、ロシュ峠へ来い。いいな」

デモールが出ていき、ロレンツがトミーを抱いたまま後へ続く。トミーがデュークの方へ小さな両手を懸命に伸ばした。

「パパッ、パパァァ——」

「や、やめろ、デモール、トミーを返せ……っ」

デモールの笑い声がデュークの頭の中でぐるぐる回っている。瞼を開けていることができなくなり、目を閉じたデュークの脳裏にハルトの顔が浮かんだ。

——ハルト……君の言うとおりだった。デモールは……。

足音とトミーの泣き声が遠ざかり、デュークは途切れそうになる意識を繋げ、奥歯を食いしばり、室内の洗面桶の水を頭からかぶった。

「はぁ、はぁ、待っていろ、トミー、すぐに助ける……っ」

体が痺れて思うように動かないが、よろめきながら階段を下りる。そこには睡眠薬草が焚かれて、使用人たちが眠っていた。

玄関先で倒れているマーサに気づいて、よろよろと駆け寄る。

「マーサ！」

「あ……デューク、様……、も、申し訳……ありません……ト、トミー様が……それなのに……体が痺れて……眠くて……何も、できませんでした……」

「大丈夫だ、心配するな」

マーサを安心させると、デュークは痺れる足を叱咤《しった》して外へ出た。井戸の水を頭から何回もかぶる。水が滴る金髪の前髪を掻き上げ、天を仰いで深呼吸した。

「これで……眠気は取れた。痺れは……まだ残っているが、指笛は……大丈夫だ」

さわさわと木枝を揺らして風が吹く。デュークは指笛を鳴らしてノアールを呼んだ――。

9

キニラル峠の麓《ふもと》まで、栗毛で遠乗りをしていた晴斗は、頭上を飛ぶノアールに気づいてハッとなった。

「ノアール？　デュークさんが乗っている……あんなに急いで、どこへ……」

胸騒ぎがした晴斗は、すぐに方向を変えて低木を避けながら馬を駆けさせ、屋敷へ戻る。

何かあったのだろうか。胸がざわめいてチリチリと焼けつくような焦燥を感じる。

乗ってきた栗毛の馬を馬舎へ戻し、正面玄関へと駆けた。扉を開けた途端、むっと嗅《か》いだことのない嫌な匂いが立ち込めた。すぐに換気のために窓を開け、用心して手巾で口を押さえて室内へ入る。

「マーサさん、サザムさん！」

二人が長椅子に横になっているのを見て、あわてて駆け寄る。サザムの方は眠っていたが、マーサは目を開けて晴斗の方へ手を伸ばした。その手を握りしめ、震える声で問う。

「マーサさん、大丈夫ですか？　これは一体……」

「ハ、ハルトさん……、トミー様が……デモールさんに……攫《さら》われて……」

ひゅっと小さく息を呑む。トミーの部屋を覗いていたデモールの無表情な横顔が思い出された。

「ロレンツさんが……戻ってきて……でも、デモールさんの味方を……」

「――まさか！」

「あたしも……信じられなくて……」

マーサの目にうっすらと涙が浮かんでいる。三か月以上一緒に家族のように過ごしてきたロレンツに裏切られたことが、よほどショックなのだろう。晴斗もにわかには信じられず、唇を噛みしめた。

「ハルトさん……、デューク様は……デモールさんに、怪しげな薬を飲まされたようなんです……それでも、トミー様を追って……出ていかれました」

晴斗は弾かれたように立ち上がった。

「僕、助けに行ってきます！　マーサさん、心配しないで……！」

晴斗は玄関から出ると、走って屋敷の門を抜け、川の方へ真っ直ぐに向かった。

強い風が吹き、晴斗は目を細めながら走る。日差しを反射して光っている川まで全速力で駆け、息を切らして周囲を見渡した。白い光が川面を照らしている。

――バール、来て！

まだバールを操れるほどには、関係が築けていないかもしれない。それでもデュークとトミーのことが心配で、すぐにも駆けつけたい。そのためにバールの力が必要だった。

バールを呼ぶほら貝は手元にない。晴斗はお腹の底から声を振り絞る。

「バール！　お願い、来て！　僕だ、晴斗だ！」

森閑とした空気に晴斗の叫びが反響した。

ほどなくして、川の水面が奇妙な波紋を描き始めた直後、水しぶきを上げて一角を持つ巨体が姿を現した。水獣バールだ。

「バール……！　来てくれたんだ。ありがとう」

ざばっと水面から身を乗り出すようにした水獣バールが、晴斗へ顔を近づけた。至近距離にあるバールの双眸が晴斗を見つめて細くなる。

『ハルト、ドウシタ？』

「トミーとデュークさんを助けに行きたいんだ。空獣ノアールがいるところへ連れていってほしい。確か、あっちの方角だと思う」

先ほどノアールが飛んでいった方を指差すが、バールはそちらを見ないで言った。

『大丈夫ダ。ノアールハロシュ峠ニイル。ニオイデワカル。ハルト、乗ッテクレ』

「うん！　お願い、バール」

聖獣の優れた能力でノアールの場所を感知したバールが、晴斗が乗りやすいように身を低くした。

バールの鱗で覆われた背をよじ登り、頭部の角を掴む。体がぐいっと下から突き上げられるような感覚の後、水しぶきを上げてバールが泳ぎ出した。

――デュークさん、トミー……どうか無事でいて。

バールは体を左右に大きくうねらせながら、ロシュ峠を目指して川を切り裂くように凄《すさ》まじい速さで泳いでいく。振り落とされないように晴斗は角をしっかり握り、水しぶきに目を凝らした。

ロシュ峠の麓は平原が広がり、水路が複雑に入り組む中を抜ける。亡霊のように建つ木造の建物の合間の水路をバールが疾走する。

やがて針葉樹林のような木々が見えた。着地したノアールが視界に入り、バールが速度を落とし停止した。川から距離があるが、ノアールの後ろ姿がはっきり見える。

「ノアールだ……デュークさんは……？　あっ、デモールさん……！」

荒涼とした土地でノアールが大きな翼を広げて睨んでいるのは、全身を真っ黒な毛に覆われた巨大な狼《おおかみ》のような聖獣だった。

背中にはデモールが騎乗しており、首は尖った無数の針のようなもので囲まれ、大きな口から鋭い牙が見える。晴斗はそっと水獣バールに尋ねた。

「あの黒色の狼のような獣は？」

『陸獣アロン……首ガ伸縮スル聖獣ダ』

「あれが……陸獣アロン……」

陸獣アロンの隣で、双頭の騎獣ウォルに乗ったロレンツがトミーを抱きかかえている。いつもの優しい抱き方ではなく、逃げないように強く拘束しているので、トミーは今にも泣き出しそうな顔をしている。

「パパ――ッ、だいどーぶ!?」

トミーの声が響き、視線の先を追うと、翼を広げた空獣ノアールがいた。懸命にノアールが背で守ろうとしているのは、そばで膝をついているデュークだった。彼の姿を見て晴斗は絶句した。

遠目にもデュークの白い私服が血で真っ赤に染まっているのが見て取れたのだ。

――デュークさん……！

空獣ノアールの周囲を、陸獣アロンが砂埃を上げながら走り、デモールが大きな声で笑う。

「我が国一の精鋭と讃《たた》えられる騎士団長殿が、聖獣から落下して怪我をするとは、これは見物だ、ははは っ」

デュークを愚弄《ぐろう》するデモールに、晴斗の胸に激しい怒りと悲しみが込み上げてくる。

――ひどい。薬を飲ませた上、トミーを人質にしておびき寄せるなんて、卑怯にもほどがある。

「……息子を返せ……！」

デュークがふらつきながらも立ち上がる。晴斗は唇を嚙みしめてバールに囁いた。

「バール……デュークさんとトミーを助けたい。力を貸して……」

『ワカッタ』

水獣バールは音を立てずに川から上がり、頭部に晴斗を乗せたまま、鋭い爪《つめ》が生えた強《きょう》靭《じん》な四肢でざざざと低木の間を疾走した。裏手に回り込むと、デモールの傲慢《ごうまん》な声が響いた。

「息子を助けたければ、剣でわたしと勝負しろ、デューク」

ノアールから落下して怪我をしているデュークに剣で決闘だなんて。

「黄金の疾風《はやて》と呼ばれている団長としての腕を見せてくれ、デューク。親友の頼みが聞けないのか？」

嘲笑《ちょうしょう》を含んだ声音に、アロンの背後に回っていた晴斗は、バールの角を握りしめ叫んだ。

「決闘なんてやめてください！」

水陸両方を自由に駆ける水獣バールに乗った晴斗が姿を見せると、デモールとロレンツが目を見開いた。

「お前……ハルト！　ぐっ、水獣バール……！」

「ハルトくん……！」

デモールとロレンツが唖然となっている間に、晴斗はバールから飛び降り、デュークのそばに駆け寄った。

「デュークさんっ」

「ハルト……」

ふらついたデュークが倒れ込むように、駆け寄った晴斗を抱きしめた。

「来て、くれたのか、ハルト……君は気づいていたのに……すまなかった」

「そんなこと……デュークさんの手、震えています……っ」

「痺れが残っているが、大丈夫だ」

「大丈夫じゃないです、こんなに腕から出血が……足も……」

「ノアールから落ちた時に、低木で切ってしまった。かすり傷だ」

「デュークさん……！」

苦しそうに息をつきながらも、デュークは懸命に晴斗を安心させようとかすり傷だと明るく繰り返した。

風が吹くたびに木立の葉がさわさわと音を立て、葦《あし》が波のように揺れる。

晴斗はデモールへ向かって声を張った。

「デュークさんは手の痺れが残っている！　剣での決闘なんて無茶だ！　トミーを返し

て！」

「うるさい坊やだ。ロレンツ、蹴散らせ」

「……了解」

騎獣ウォルに乗ったロレンツが、トミーを抱いたまま晴斗の前に立ちはだかる。

葦の原を揺らして熱を帯びた風が吹き抜けた。晴斗は歯を食いしばってロレンツへ問う。

「どうして……ロレンツさんが裏切ったりするの……？」

トミーも緑色の瞳から大粒の涙をぽろぽろとあふれさせている。

「やっ、ボクをはなして、ロレンツにーたんっ」

「……トミー様、もうしばらくじっとしていてください」

「ロレンツにーたん！　おねがい、パパをたしゅけて！」

「……」

「ロレンツさん、トミーを放して……！」

青ざめたロレンツが首を左右に振り、珍しく声を荒らげた。

「――仕方がないんだ！」

「ロレンツさん……？」

「末妹のエレナは目の病気を持って生まれてきた。医術師にかかっているが、手術しなければ失明するんだ。莫大《ばくだい》な手術代がかかる。デューク様からの傭兵代金と別に、デモールさんがさらに金をくれると言っている。だから俺は――」

こんなに混乱しているロレンツを晴斗は初めて見た。ぐっと拳を握り、彼を強く睨みつける。

「ロレンツさんのバカ！」

今まで晴斗はこんなふうに他人を怒鳴ったことなどなかった。いつも遠慮して一歩引いて、言いたいことも呑み込んできたのだ。でも、ロレンツにはどうしても伝えたかった。

「トミーもデュークさんもマーサさんたちも、みんなロレンツさんのことを家族のように思っているのに、なんで話してくれなかったの……！　皆きっとなんとかしようとしてくれたはずなのに。ロレンツさんが信頼している人たちを裏切ったことを知ったら、エレナちゃんだってすごく悲しむよ！」

「……っ」

晴斗の言葉に、ロレンツの顔が強張った。

大切な妹に手術を受けさせたい気持ちはよくわかる。だが、妹もロレンツのことを大切に想っているはずだ。優しいラルム家の人々を騙《だま》し、小さなトミーを誘拐までした兄に感謝するだろうか。

腕の中のトミーが目を潤ませてロレンツを見上げる。

「ロレンツにーたん、パパをたしゅけてっ」

「……」

青ざめた表情のロレンツがじっと腕の中のトミーを見つめる。その様子にデモールが舌打ちして眉間に深い縦皺を刻み、叫んだ。

「何をしている、ロレンツ！　その呪われた子供をこちらに寄越せ！」

目を丸くしたロレンツが振り返る。

「デモールさん……トミー様をどうするつもりです？」

「呪われた子供をアイリーンのもとへ送り届けると決めた」

抑揚のないデモールの口調と、言葉が意味する内容に晴斗は戦慄《せんりつ》する。ロレンツが思わず言い募った。

「デモールさん、話が違う！　トミー様を誘拐するだけで、傷つけないと言っていたのに。それにデューク様にあんな怪我をさせて――」

「勝手に落下したデュークが悪い。いいから言うことを聞け、ロレンツ、金がほしいのだろう？」

「し、しかし……」

ロレンツは苦渋に満ちた表情で腕の中のトミーを見つめた。陸獣アロンに乗ったデモールが近づき、ロレンツからトミーを奪おうと手を伸ばす。

「早くそいつを寄越せ、ロレンツ」

「やっ！」

トミーがデモールから逃れようと身をよじり、ぷっくりした頬を涙がぽろぽろと伝い落ちる。

「うわあぁぁん、パパ！　ハルトにーたん！　たしゅけてぇぇ」

「うるさいクソガキだ。黙れ！」

小さな手をバタバタと振り回すトミーを、デモールが感情の読めない表情で一瞥《いちべつ》し、視線をデュークへ向けた。

「呪われた子供とはいえ、この子はアイリーンと同じ緑色の目をしている」

「デモール……トミーは呪われてなどいない……！　アイリーンの大切な息子なんだ！」

ハルトもデュークの言葉に続けて大きな声を出す。

「デモールさんとデュークさんは親友なのに……お願い、トミーを返して……！」

「――お前は目障りだ！」

長剣の鞘を捨て、いきなりデモールが剣を振り上げ、晴斗に斬《き》りかかってきた。

「危ない、ハルト……ッ！」

日差しを反射した鋭い刃先に目がくらんだ晴斗を、デュークが咄嗟《とっさ》に体を割り込ませて腰から抜いた長剣で受け止めた。

「やめろデモール！　なぜハルトを攻撃する……？」

「この男だけは、生かしておけない」

剣を握る手が小刻みに震え、デモールが鬼の形相で晴斗を睨んでいる。

「アイリーンが亡くなった時、デュークは一滴の涙も流さなかった。それなのに、なぜこいつのためにそこまでムキになる。アイリーンは……彼女の想いはどうなる……！」

デモールの咆哮《ほうこう》に、亡くなって三年経った今でも、彼のアイリーンに対する愛情の深さを知り、デュークは苦しそうに眉根を寄せ唇を噛みしめた。

「確かに今の私はハルトを愛している——だが今でもアイリーンのことは大切に想っている」

デュークの静謐な声音に晴斗が弾かれたように顔を彼へ向け、静かな横顔を見つめる。

——今、僕を愛していると……？

聞き間違いではないだろうか。ロレンツと恋人同士なのだと思っていたのに……。

信じられない気持ちでいると、デモールが片手で顔を覆うようにして首を横に振った。

「嘘だ。アイリーンは寂しいと言っていた。彼女はずっとお前を愛してきたのに、その十分の一もお前は愛してやらなかった。その男へ向けるような眼差しを、なぜ一度もアイリーンへ見せてやらなかったのだ！」

「デモール、それは違う。私は……」

「唸《うな》れアロン！　空獣ノアールを蹴散らすのだ！」

デモールが叫ぶと、漆黒の陸獣アロンが高らかに咆哮を上げ、長い首を右へ左へと振り始めた。砂埃を含んだ風を切り裂き、アロンが進行する。

「ロレンツは騎獣ウォルで水獣バールを倒せ！」

「……」

ロレンツはデモールの命令に苦しげに息を吐き、奥歯を噛みしめている。

強い風に雲が流れた。緊迫した空気の中で、デュークがふらつきながらノアールの背に飛び乗った。

革紐《かわひも》を手に絡ませ、口で縛るデュークを不安気に見つめ、晴斗も水獣バールの背に乗り、角を抱えるようにして臨戦態勢を取る。

「行くぞ、デューク」

雲が風に流れ、切れ間から再び明るい日差しが差し込んだ刹那、聖獣たちが一斉に大地を揺るがすような咆哮を上げた。

——漆黒の首長狼、陸獣アロンと白銀の大鳥、空獣ノアールが……緋色の双頭馬、騎獣ウォルと藍色の水竜、水獣バールがそれぞれ対峙《たいじ》し、聖獣同士の壮絶な闘いが始まる。

長い首の周囲を覆っている無数の針が日差しに乱反射し、深黒のアロンが凄まじい勢いでノアールへ突進してきた。

「飛べ！　ノアール」

グアァァァと声を上げ、ノアールが白銀色の大きな翼を広げて急浮上した。

鋭い爪を陸獣アロンの体に食い込ませようとするが、アロンの伸縮自在な長い首が伸びて弧を描くように動き、空中のノアールを攻撃する。

ノアールは旋回しながらアロンの攻撃を避けているが、いつもより動きが遅い。

「デュークさん……」

落下時の怪我の影響で、デュークは苦戦している。晴斗は彼のことが心配で視界の端でノアールの動きを追っていると、ロレンツが双頭の騎獣ウォルを駆けさせ近づいてきた。

「バール、気をつけて……！」

『ワカッテイル』

水陸両方で鋭い動きを得意とするバールが身構える。しかし、ロレンツは攻撃してこなかった。

ウォルをバールに近づけると、ロレンツは胸に抱えていたトミーを晴斗へ差し出すようにした。

「――ハルトくん、トミー様を頼む」

「えっ」

驚きながらも、トミーの小さな体を抱きしめる。怖かったのだろう、トミーの小さな体がびくびくと震えている。

「ハルトにーたん……うわぁぁぁん、こわかった」

泣き声に気づいてこちらを見たデモールが驚愕《きょうがく》している。

「なにをしている、ロレンツ！　呪われた子供を手放すな！　逆らうのなら金は――」

「俺はもう降ります。金はいりません」

「なんだと!?」

眉を吊《つ》り上げたデモールに対し、ロレンツの声音は穏やかだった。

「デューク様は時間のある時に、俺に長剣の扱いを丁寧に教えてくれました。ウォルとノアールで見回りをしてすごく楽しくて……俺が騎士団員の悪口を言っても、黙って聞いてくれたんです。俺の家族のことを心配してくれ、親身になって贈り物をくれたり、実家へ帰らせてくれた。だから今……その分の……恩を返す時なんです」

唇を強く噛みしめ、ロレンツがデモールを睨みつける。

「トミー様を誘拐して、デューク様に思い知らせてやるだけと聞いていたのに、傷つけるのは話が違います。それに……ハルトくんは大切な友達なんです。攻撃なんてできません」

「ロレンツさん……っ」

今、なんて言ったの？　僕を友達だと言ってくれた……？

初めて友達だと言われた晴斗は、啞然とロレンツを見つめた。

「――妹のことはいいのか。失明するぞ」

デモールの冷たい声に、ロレンツが一瞬瞳を揺らしたが、ぐっと目を閉じ、頷いた。

「妹のために裏切るつもりでしたが……これ以上トミー様やデューク様、ハルトくんを苦しめたくないのです。エレナの手術代は、これから俺が稼ぎます――」

そう言い切ったロレンツの表情は、憑《つ》き物が落ちたようにさっぱりとしていた。

「ロレンツ……」

言いかけたデュークの顔が歪み、言葉が途切れる。ロレンツがふっと諦念《ていねん》の笑みを浮かべた。

「俺もハルトくんみたいに素直に、デューク様にぶつかればよかった。ラルム家の財産目当てのつもりが、いつの間にか結構本気でした……デューク様、トミー様に怖い思いをさせてすみませんでした」

心からの言葉を告げると、ロレンツは騎獣ウォルに乗ったまま頭を下げた。

「ロレンツ、私の方こそ、君の気持ちに気づかず、すまなかった――」

真摯なデュークの言葉に、ロレンツが大きく瞳を揺らした。

「許してくださるのですか？」

「ああ、もちろんだ。君のことは家族だと思っている」

ロレンツが片手で顔を覆った。その肩が小刻みに震えている。

険しい表情でデモールがロレンツを睨み、じきに大きく舌打ちした。

「これだから貧乏傭兵は……使い物にならぬのだ」

ロレンツを侮辱する言葉に、晴斗がカッとなって叫んだ。

「ロレンツさんを悪く言わないで！」

三日と上げずに実家へ手紙を書き、熱が出たといって心配していたロレンツが、どれほど家族を愛しているか知らないくせに、と晴斗は心の中で叫ぶ。

貧しい家に生まれて、やがて失明する末妹のことをロレンツはどれほど心配してきたのか。手術代のためにラルム家の人々を裏切ることに、どれほど心の中で葛藤し苦しんでいたのだろうか。ロレンツの気持ちを考えると悔しくて晴斗の目から涙があふれた。

「う……バール、僕は、陸獣アロンを倒したい……！」

『ハルト、泣クナ。シッカリ摑マッテイロ……！』

低く嘶いたバールが鋭く巨軀を駆けさせた。トミーを抱きしめ、晴斗はバールの角にしがみつく。

「くそっ、水獣バールだ。アロン、行け！　ヤツを叩きのめすんだ！」

『任セロ！』

伸縮自在の長い首をうねらせながら漆黒の陸獣アロンが藍色の水獣バールに体当たりする。

「グアァァッ」

「ギャアァァ」

アロンの首の無数の針がバールの鱗を貫くが、一瞬の隙《すき》をついて水獣バールがアロンの脚に鋭い牙を食い込ませた。

「グガガガァァッ」

アロンが悲鳴を上げるように叫んで倒れ、乗っていたデモールが地面に叩きつけられる。

ノアールが急降下し、デュークが革紐を放して飛び降りた。

「デモール……！　大丈夫か……ぐっ」

着地の衝撃でデュークがその場に頽れる。

「まだ手足が痺れているだろうに、人の心配をしている場合か、バカめ」

デモールが立ち上がり、陸獣アロンを見た。

「アロン、骨折したのか？」

『脚ヲ噛マレタガ、骨ハナントモナイ。乗レ、デモール』

デモールは安堵した顔になると、首を横に振ってデュークの方へゆっくりと近づいていく。膝をついていたデュークもふらつきながら立ち上がった。

騎士団長と副騎士団長であり、互いに聖獣乗りで親友だった二人が向かい合う。

青色の双眸を細め、デュークが口を開いた。

「デモール……私はアイリーンを愛していた」

「違う、お前が愛しているのはハルトだけだ。アイリーンには向けたことのない眼差しであの男を見ている。アイリーンが生きている間に、そんな目をしたことは一度もなかった」

デュークは渋面で首を横に振る。

「今も私と息子の胸の中で、アイリーンは生きている。トミーは彼女が遺してくれた大切な息子だ。傷つけないでくれ」

「……アイリーンが遺した命、か……」

デモールが晴斗の腕の中のトミーを見つめ、じきに戸惑うように視線が泳いだ。

「緑色の瞳……アイリーンと同じ色の……きれいな目をしている」

ぱぁっとトミーが顔を輝かせ、晴斗の腕の中で元気に言う。

「そうよ、ボクのおめめ、ママといっしょ……！　きれいなみどりいろって、パパがいちゅもいうの」

ぐっとデモールが歯を食いしばった。

「デューク……アイリーンのことを忘れたわけではないのか」

聞き取れないほどくぐもった声に、親友が深く頷いた。

「忘れるわけがない。ハルトを想う気持ちとアイリーンを悼む気持ちは別だ」

「この子のせいではないとわかっていた。でも……どうしても、アイリーンが急死したことが納得できなかった。可哀想で……」

デモールの瞳から透明な涙がこぼれ落ちる。トミーが心配そうに言った。

「ママ、かわいそう、ちわう。ボクもパパも、ママ大しゅき。ここにいるの」

小さな手で胸をトンと叩いたトミーを見て、デモールが目を見開く。

「そうか、アイリーンはお前たち家族の中で生きているのか。幸せだったんだな。そして今も……」

さあっと風が雲を流し、天と地が明るくなった。その光の中でかつて長い時間をともに過ごした親友でありライバルであった二人が静かに見つめ合う。

「デューク、すまなかった」

デモールの震える声が落ちる。太陽の光で銀色に輝く雲の縁を、聖獣たちはじっと見上げていた。

10

デモールがトミーを誘拐した日から、四日が経った。高く澄んだ青空に白い雲が浮かんでいる、穏やかな午後――。

晴斗はデュークの部屋の前で立ち止まり、コンコンと扉を軽くノックした。

「僕です、晴斗です」

「入ってくれ」

広い室内で、デュークは机に向かい、報告書を書いていたようだ。振り返り、晴斗を見て小さく微笑んだ。

「デュークさん、横になってなくて大丈夫ですか？」

心配になって尋ねたが、デュークはすっと椅子から立ち上がった。

「薬湯が効いて、痺れも治ったよ。もうすっかり元どおりだ。今、大陸和平会議の資料を読んでまとめていた」

デュークはあの事件の日、医術師から解毒薬草を処方され、丸二日間眠っていた。

昨日は寝台の上で横になっていたのに、四日目でもう仕事をしているデュークが心配で晴斗が不安そうな顔になると、青色の双眸が優しく細められた。

「ちょうどよかった。ハルトとゆっくり話がしたかった。君の今後のことで」

「今後のこと……ですか」

「そうだ」

デュークが真っ直ぐに晴斗を見つめ、その場で片膝をついた。晴斗の手を取り、迷いのない面差しで口を開く。

「このまま、私のそばにいてくれないか？」

「……！」

瞠目する晴斗に、デュークが真摯な表情で続ける。

「ハルトがいなくなると考えたら、怖くてたまらない。こんな気持ちは初めてだ。ハルト、これから先もずっと、私のそばにいてほしい。頼む、恋人のことは忘れて、ここへ残ってくれ」

はっきりと告げられた言葉が、晴斗の胸の奥を貫いた。震える唇を引き結び、晴斗は一歩後じさる。

「で、でも、ロレンツさんが……本当にデュークさんのことを想っていて……」

「私はロレンツのことを傭兵として信頼しているし、家族のように思っている。でも……私が愛しているのはハルトだけだ」

――これは、夢だろうか。

体が小さく震え、晴斗は何度も目をまたたかせる。

「デューク……さん……」

「初めてハルトを見た時から、可愛いと思って胸が騒いだ。トミーを助けるためにバールのいる川へ飛び込む姿に惹かれた。バールに乗れるようになった時、気持ちを抑えられなかった。君を抱いた時、君に気持ちを明かそうと思った。でも君には恋人がいる。君を困らせたくなかったし、拒絶されて屋敷を出ていかれたくなかった。だから私は……」

「ご、ごめんなさい……っ」

謝罪の言葉にデュークの表情が強張った。晴斗は頭を下げたまま続ける。

「嘘なんです……！　僕、恋人なんていないのに……本当にごめんなさ……っ」

立ち上がったデュークに強い力で抱きしめられた。逞しい彼の胸から迸《ほとばし》る温《ぬく》もりが伝わってくる。

「恋人はいないのか……？」

頭上から落ちる声はかすかに上ずっている。晴斗は頷いて謝罪を繰り返した。

「本当に、ごめんなさい……途中で嘘ですと言えなくなって……」

「そうだったのか、よかった……！　これで遠慮なく正直に言える。こんな激しい胸の高鳴りに襲われたのは初めてだ……君を愛している。私には君が必要だ」

「ほ、本当、ですか……？」

デュークが真っ直ぐに晴斗を見つめて深く頷いた。熱を帯びた青色の双眸が射抜くように晴斗を見つめ、確固たる告白を受けて、晴斗が感じていた今までの不安が霧散していく。ドキドキと早鐘を打ちつける胸の奥から、大きな歓喜が込み上げて、声が震えてしまう。

「僕……信じらないくらい、嬉しいです……デュークさんが、僕のことを想ってくれていたなんて……」

心の中から痺れるような幸福感が込み上げ、ぎゅっと締めつけるような甘く切ない気持ちに、どうしようもなく体の芯が揺さぶられる。

こんな熱い気持ちはきっとデュークが最初で最後だろう。胸が震えるほど嬉しくて泣いてしまいそうだ。

「僕も…デュークさんのことが好きです。愛しています……」

気持ちを吐露した刹那、美麗なデュークの顔が近づき、何も考えられないほど心臓が鼓動を速めた。

「ハルト、もう一度言ってくれ」

「あ、愛しています……デュークさ……………ん……」

晴斗の茶色の髪を梳《す》きながらデュークの手が優しく愛撫するように動き、唇が重ねられる。啄むように何度も唇を吸われて、胸がぎゅっと締めつけられた。

「愛している、ハルト。これからもずっと君と一緒にいたい。そして君をもっと幸せにする」

「ぼ、僕も……ずっとデュークさんと一緒に……いたいです……」

「ハルト……ッ」

激しく唇が合わされ、熱い舌が差し込まれる。呼吸を乱されながら口づけが深まり、晴斗は夢中で彼にしがみついた。抱きしめている大きく逞しい彼の体、やわらかな唇……そのすべてが愛《いと》おしい。

――ああ、僕はこの人が好きだ……大好き……ずっと一緒にいたい。

気持ちが抑えられなくなって、突き動かされるように、デュークの背中にしがみつくと、彼が熱い息で「おいで、可愛い私のハルト」と囁いた。

そっと抱き上げられて天蓋つきの寝台の上に下ろされた。頬を彼の大きな手が優しく滑り落ちる。

「デュークさん……」

ゆっくりと彼の手が後頭部へ回り、唇が塞《ふさ》がれた。髪を撫でられながら口づけが深まっていく感覚が心地よく、うっとりしてしまう。

「……ん……ぅ……」

舌先を絡めながら、彼の手が晴斗の服を剝ぎ取っていく。

くちゅり、と濡れた唇から漏れる音が官能を刺激し、蕩けるようなキスに体が煽《あお》られると、晴斗の分身が硬さを増してしまう。

熱い息をついたデュークが大きな手で晴斗の体を撫でながら、その手をゆっくりと下げて、晴斗の分身を優しく包み込んだ。

「あっ、や……」

思わず声が漏れる。彼は体をずらすと、硬くなった晴斗の分身を口に含むように舌を這わせてきた。

「デ、デューク……さん……っ、そんな、ところ……やっ、あぁ……っ」

そんな行為をされたのは初めてで、足の先が震え出すほどの衝撃が駆け抜ける。

晴斗が身悶えても、彼は口でしごくのを止めてくれない。

熱い彼の舌と口腔の粘膜にしごかれると、あり得ないほど気持ちよくて、思わず腰が揺れ、爪先《つまさき》が小刻みに震え出した。

「あっ、あっ、あっ……、それ、ダメ……です……おねが……も……、出ちゃ……」

このまま彼の口の中で爆ぜてしまいそうになり、晴斗は懸命に彼の逞しい体を押し返した。

ようやく分身から口を離したデュークが妖艶に微笑んで囁く。

「感じているハルトは本当に可愛い。私にしかその顔を見せてはいけないよ」

「デューク……さ……ん……」

敏感な先を強く手で擦り上げながら、デュークが片手で窄まりの中へ指を入れて掻き回した。

「ひう……、あっ、あぁ……そこ、いや……っ」

彼の巧みな手の動きに翻弄され、晴斗は大きく仰け反った。どうにかなってしまいそうなほど気持ちがよくて、身も心もとろとろに蕩けてしまう。

内側から弱い箇所を指で掻き回されて、晴斗は喘ぎながら一気に絶頂まで押し上げられる。

「や、イク……、デューク……さん……」

「いつでも達していい」

「あ、あぁ……、本当に……っ、で、出ちゃ……デュー……さ……あぁっ……あ——」

こらえられず、晴斗は腰を揺らしながら白濁を放流してしまった。

「はぁっ、はぁ……っ、ぼ、僕だけ……ひどい……です……」

ひとりで達してしまい、晴斗が恥ずかしさで呼吸を荒らげながらデュークを睨むが、彼は晴斗の分身に手を添えたまま微笑んでいる。

「達した時のハルトの顔を見ると、幸せな気持ちになる」

「ぼ、僕は……デュークさんとひとつに……なりたいのに……」

真っ赤になりながらも、理性が本能にねじ伏せられてしまい、本音を告げると、デュークがくすっと笑った。

「もっと気持ちよくしてあげるよ、ハルト」

クチュクチュと音が響き、再び晴斗の分身が熱を帯びてしまう。

「や……、入れて……お願い、デュークさん……」

「君が快楽に悶えるところをもっと見たい。もう一度達してくれ」

絶頂の後でぼうっとなっている晴斗の窄まりにデュークの指が二本、挿入された。散々弄《いじ》られて意識が飛びそうになったところを重点的に責められる。晴斗はデュークにすがりつき、揺さぶられながら訴えた。

「だ、ダメ、です……も……お願い……」

晴斗の目にじわりと涙の膜が張っているのを見て、デュークが指を抜いた。

「そんな顔をされると、私も抑えられなくなるよ。徹底的に焦《じ》らせて君を何度もいかせてからと思っていたのに」

「い、いじわる……しないで、ください……」

「ハルトが可愛いのが悪い。まったく、私のハルトは本当に——愛しすぎる」

背後から覆いかぶさるようにして耳元で囁かれ、耳朶をくちゅりと甘噛みされて、頭の中が真っ白になってしまうほど気持ちよくて……晴斗は目を閉じる。

――僕は……本当にデュークさんのことが好きだ。

改めて自分の気持ちを再認識した直後、硬度と大きさを増したデュークの切っ先が狭い路を掻き分けて侵入してきた。

「ひぅ……っ、あ――」

ぐぐぐっと穿つようにみっちりと埋められ、しならせた背筋に、ぞくぞくとした痺れが駆け抜けていく。

晴斗の髪を撫でながら、デュークが囁くように問うてきた。

「熱くうねりながら締めつけてくる。ハルトの中は最高だ。私がいるのを感じるか？」

「あぁ……！　んっ、か、感じます……デュークさ……が、僕の……中に……っ」

後ろから貫かれたまま、晴斗が息も絶え絶えに頷くと、彼は「ハルト……」と熱を帯びた声でつぶやき、中で蠢いている彼の分身がドクッと大きさを増した。

「あぁっ！　んっ、はぁ、あぁ……っ」

「ハルトは本当に敏感で可愛い」

グチュ、グチュッと水音をさせ、抜き差しが始まった。亀頭のふちで潤んだ敏感な粘膜を貫かれ、根元まで押し込まれて、狭い窄まりの中を痛いほど穿たれる。

「う……っ、デューク、さ……んっ」

「もう少し――ハルト、待ってくれ……」

奥深い場所をずんずんと突き上げられ、最奥まで押し込まれた分身に敏感な粘膜を掻き回すように愛撫されて、喜悦の波に目の前がちかちかと霞んでしまう。

「ひう……、あぁぁ……っ」

晴斗は追い詰められるように首を左右に強く振る。たまらない気持ち良さに体がピクピクと跳ねるように波打った。

熱く硬い彼の分身で奥深くの敏感な粘膜を擦り上げられ、彼の動きに合わせて体を揺らしながら、もう頭の中は真っ白で、深い官能にますます身悶えてしまう。

「あぁぁ……ん、デューク……さん……っ」

「ハルト、愛している——」

最奥をズンズンと穿たれる重い衝撃とともに、抽送がさらに速まっていく。愛しい人とひとつに繋がり、粘膜が絡み合う行為が甘く全身をわななかせ、さらに官能が大きく燃え上がる。

「ハルトの中……すごくいい……蕩けてしまいそうだ……」

ズチュ、ヌチュ、と深く突き上げられ、何もかもがひとつに重なっているような刺激に、うなじから背筋にかけて、電流のような甘い痺れが走った。

自分の中に愛する人がいて、奥深いところでひとつに繋がっている。余裕をなくした腰つきで追い上げてくる彼が、情感を込めて囁いた。

「愛している。ハルト……」

叩きつけるように彼が激しく腰を打ちつけ、低く呻くように晴斗の名を呼び、ゆっくりと前後に腰を動かしながら、たっぷりとした熱情を最奥に注ぎ込んできた。

心臓が壊れてしまいそうに速まり、自分の中が彼で満たされたことを知った直後、晴斗は体が浮遊するような深い恍惚感に包まれた。

「あぁぁぁっ……はぁ、あぁ……っ」

腰を高く浮かせたまま、晴斗は体を震わせて絶頂に極まった声を上げ、寝台のシーツの上に倒れ込んだ。

「大丈夫か、ハルト……」

彼は晴斗を仰向けにしてベッドの上に寝かせると、頬と唇に優しいキスを雨のように降り注いだ。

「デュークさん……」

汗がひいていき、触れ合ったデュークの肌の温もりが心地いい。

彼は穏やかな視線を晴斗に向け、優しく微笑んだ。

「ハルトと巡り合えて、本当によかった。その幸せそうな笑顔で、これからもずっと私のそばにいてくれ」

「僕も……この異世界でデュークさんと出会えて……幸せです……」

　ようやく見つけた自分の居場所。ここが——デュークの隣が晴斗の唯一の、そして最高に幸せな居場所だ。これからもここで彼と生きていく。

　ゆっくりと唇が重なり合うと、晴斗は愛しい彼の首筋に手を伸ばし、思い切り強くしがみついた。

エピローグ

晴斗がデュークと気持ちを打ち明け合った日から、三か月が経った。

やわらかな午後の日差しが大きな窓から入ってくるラルム家の居間で、トミーがお菓子を頬張っている。深山枇杷《びわ》と青林檎の果実を混ぜ合わせて火で炙《あぶ》り砂糖をかけた菓子で、トミーは口元を汚しながらもご機嫌だ。

「おいちー、ハルトにーたんもたべてー」

「うん、それじゃあ僕もいただきます」

晴斗はテーブルの上の大皿に手を伸ばした。

「――わ、美味しい」

深山枇杷と青林檎の味がよく合い、砂糖が絡んで、焼いた外側がカリカリになっている。出来立てなのでふわふわと湯気が漂い、いくつでも食べられそうだ。

あむあむと頬張るトミーを見て、晴斗が微笑みながら、そっと手巾で汚れた口元を拭《ぬぐ》ってやる。

お茶をごくごく飲むと、トミーが満足した表情で息をつき、小さな手でお腹を撫でた。

「おなかいっぱい……！　ボク、ねむねむ」

満腹になるとすぐに眠くなるトミーに、晴斗が声をかける。

「トミー、この前もテーブルに突っ伏して寝ていたね。風邪《かぜ》をひいてしまうよ。さあ、お部屋へ行こう」

「あい……おへや……」

返事はあったものの、トミーはうつらうつらして、瞼が下がっている。晴斗はよいしょと言いながらトミーをそっと抱き上げた。トミーは小さくて軽いが、やわらかいので、落とさないように気をつける。

おひさまの匂いがするトミーの額に優しくキスをして、螺旋階段をゆっくり上がっていくと、トミーが晴斗の服をぎゅっと摑んだ。

「ん……、もっとおかち……むにゃむにゃ……」

「ふふ……可愛いな」

トミーの部屋へ入り、ベッドへそっと横にして布団をかけると、じきにくうくうとトミーの寝息が聞こえてきた。

「ぐっすりお休み、トミー」

布団の上からポン、ポンと軽く叩いて、晴斗は部屋を出た。

廊下の窓から外を見ると、中庭の花々が風に小さく揺れている。

晴斗がデュークの自室の扉をノックすると、すぐに中から「どうぞ」といらえがあった。室内に入ると、書類を書いていたデュークが晴斗を見て笑顔で立ち上がり、強く抱きしめてくれる。

「デュークさん、午後から王宮へ行くとおっしゃっていましたので」

「ああ、そろそろだな」

晴斗の頬を優しく撫でながら、デュークが啄むように口づけた。

机上に置かれていたアイリーンの絵は、きちんと飾られている。伏せられていることに気づいた晴斗が、「アイリーンさんの絵を大切にしてください。お願いします」と頼んだのだ。

デュークを愛して、トミーを生んでくれたアイリーンのことを、これからも忘れず大切にしてほしいと晴斗は心から思う。

「僕もアイリーンさんのことをずっと忘れません。僕にとっても大切な人です」

「ハルト……ありがとう」

あたたかな日差しに包まれて、晴斗とデュークは机上のアイリーンの肖像画を見つめた。

「アイリーン、トミーは元気に過ごしている……どうか安心してほしい。それから私は、ハルトを妻として迎えようと思う」

真摯なデュークの声に、晴斗は目を見開いた。

「デュークさん……？」

こちらを見たアイスブルーの双眸が優しく細められ、彼の長い指先が晴斗の茶色の髪を梳くように撫でた。

「ハルトがこの世界へ来て一年が経ったら……プロポーズしようと思っている。だから、そのつもりでいてほしい。私はこのままずっと、ハルトと一緒に生きていきたい。君の気持ちは……？」

「僕も……同じです。デュークさんのそばに……ずっといたいです」

端整な顔がゆっくり近づいてきて唇が重ねられる。伝わってくる温もりに隠せない嬉しさが滲み、晴斗の胸を打った。

――僕はデュークさんのことが好きです。これからもずっと……。だからこの異世界で生きていきたい……！

希望が確信に変わり、愛する人とともに歩く未来はきっと希望と幸せに満ちていると晴斗は信じている。

そして晴斗は少し前、コーディの祖父、ハールド氏のお墓参りに出かけた。雪乃がハールドをずっと愛していたこと、自分はハールドの孫なのだということを墓前に報告した。

いつかコーディにも打ち明けるつもりだが、ハールド氏の妻であるナーシャが元気な間は、秘密にしておこうと思っている。

そして、デモール――。デュークは親友だった彼がアイリーンのことを想い続けていた気持ちを理解し、本気でトミーに剣を向けるつもりがなかったと証言し、官吏へ連行されたデモールはひと月の拘束の後、保釈された。

騎士団の副団長として、今も国境警備を任されている。そして時々ラルム家に顔を出し、アイリーンの墓へ花束と、トミーにお土産《みやげ》の菓子や玩具《おもちゃ》を持ってくるようになった。

そしてこれまで貴族出身の者しか入団できなかった上級騎士団の規定を、デュークが王宮の会合で協議にかけ、爵位を持たない庶民でも入団できるように改革した。

新しくなった王宮騎士団は優秀な騎士たちが全国から集まり、フィアル王国の軍事力を倍増させた。

特に、入団当初から注目を集めたのは騎獣ウォルを操るロレンツだ。聖獣乗りの彼は秀でた能力で早くも副分隊長に就任し、騎士団の精鋭として活躍している。

ロレンツは傭兵の時より数倍の賃金をもらうようになり、三食つきの騎士の宿舎で暮らしながら、実家に仕送りを続けている。

彼の末妹・エレナの手術代はデュークが支払った。今まで傭兵として勤めてくれたお礼だと言ったが、ロレンツは裏切り者の自分が迷惑をかけた上、手術代をもらうわけにいきませんと言い、毎月、騎士団の給与から返済している。

目の手術を無事に終えたエレナは、弱っていた視力を無事に回復した。失明の心配もなくなり元気に過ごしているそうで、きっと将来は上手な絵師になるだろとロレンツが嬉しそうに話した。

迷惑をかけたマーサやサザムにこっぴどく叱《しか》られたが、ロレンツもデモール同様、仕事が休みの時は、しょっちゅうラルム家へ遊びに来ている。

そして晴斗は、聖獣が病気や怪我をした時に少しでも力になりたいと思い、聖獣の医術師になる勉強を始めた。

国境警備が強化され、窃盗団の捕縛も進んで、トミーが狙われることも減ってきたが、まだ何があるかわからないので、勉強を続けながらデュークの留守中は晴斗がトミーを守っている。

トミーがもう襲われることのないように、窃盗団がいない安全な国を作りたいと願い、いろいろな政策を考えて会合で提案する騎士団長のデュークを、晴斗は心から誇りに思っている。

それからさらに、ひと月が経ったある日——。

「今日もいい天気……デュークさん、騎士団長のお仕事、頑張っているんだろうな」

大きな窓を開けて、手をかざして青空を見上げていると、バシャバシャという水音と賑《にぎ》やかな笑い声が近くの川から聞こえてきた。

晴斗は急いで川岸へ向かう。

日差しに煌めく水面に目を細めると、水獣バールが川から顔を出し、川辺にいるトミーとヤークに水をかけて遊んでいる姿が見えた。

「バール、トミー、ヤーク……！」

晴斗は大きく手を振る。

「ハルトにーたん、あしょぼ！」

『ハルトシャンダー』

トミーが笑顔で小さな両手を元気に振り返し、丸々とした半獣のヤークがぴょんぴょんと跳ねるように駆けている。

『我ノハルト……オ前モ一緒ニ遊べ』

水獣バールは巨軀を揺らして「ガガガッ」と笑い声を上げながら晴斗を誘っている。

以前の水獣バールは乱暴で、毎日のように近隣の畑を荒らす被害が報告されていたが、晴斗が相棒になってから思慮深くなり、いたずら好きなところが改善され、最近はほとんどバールの被害が報告されなくなるという、嬉しい効果が出ている。

そしてこの頃、水獣バールは呼ばなくても、しょっちゅう晴斗のそばにやってきて、こうしてトミーやヤークと一緒に過ごしてくれる。

「グアァァ……ッ」

空から空獣ノアールの声が響き、晴斗たちに気づいたデュークが片手を上げた。仕事でこの周辺の見回りをしているのだろう。

「ハルトくん――」

明るい声が聞こえ、顔をそちらへ向けると、草原を騎獣ウォルに乗ったロレンツが駆けている。

デュークは銀糸の刺繍《ししゅう》が施された黒色の騎士団長衣で、ロレンツは騎士団員の濃紺の詰襟服を着て、二人とも颯爽としている。

「デュークさーん、ロレンツさーん、見回りご苦労様です」

晴斗は明るい光に包まれながら、デュークとロレンツへ手を大きく振り、その雄姿を見送った。

『我ノハルト、オイデ！』

「うん、バール」

満面の笑みを浮かべ、晴斗はバールとトミーとヤークの方へ走っていく。

異世界で今日も晴斗は愛しい人たちに囲まれ、賑やかで幸せな時を過ごしている。

終わり

あとがき

こんにちは、一文字鈴です。この度は『異世界で騎士団長に見初められ聖獣乗りになりました』をお手に取ってくださり、誠にありがとうございました！

ラルーナ文庫様で初めての本作は、「異世界」「騎士団長」「聖獣」と大好きな要素を散りばめながら心を込めて執筆いたしました。いかがでしたでしょうか。少しでも楽しんでいただけたなら幸いです。

そして本作の素晴らしい表紙と挿絵を描いてくださったのは、上條ロロ先生です……！凜々しいデュークと生き生きとした晴斗、愛らしいトミーと妖艶なロレンツ、精悍なデモールと、それぞれのキャラの特徴を美しく描いてくださり、難しい聖獣たちのイラストも素敵に仕上げてくださいました。本当にありがとうございました。ラフの時も出来上がったイラストを見た時も、嬉しくて萌え転げてしまいました。

そして、編集者様にも大変お世話になりました。ラルーナ文庫様で初めての本でしたので戸惑うことも多々ありましたが、真摯に相談にお答えしてくださったおかげで書き上げることができました。この場を借りて御礼申し上げます。

また、デザイナーの方やこの本の制作に携わってくれた全ての方に感謝しています。

そしてツイッターやブログを通して応援してくださる皆様から、いつも元気をもらっています。優しく励ましてくださり、本当にありがとうございます。

支えてくれる家族にも、執筆優先で迷惑をかけてばかりですが、日々あたたかく見守ってくれることに感謝しています。

何よりこの本を手にしてくださった皆様へ。最後まで読んでくださって、本当にありがとうございました。皆様に喜んでもらえることが書く力の源となっています……！　もしお時間があれば、感想などをお聞かせくださるとさらに励みになります。

この本が出版されるのは年末の予定なので、この一年を振り返ってみました。二〇一九年を健康で楽しく過ごせたことに感謝しながら、二〇二〇年が皆様にとって幸せな年になりますようにと、心よりお祈り申し上げます。

それでは、またお会いできることを願って、これからも精進していきたいと思います。

一文字　鈴

本作品は書き下ろしです。

ラルーナ文庫

この本を読んでのご意見・ご感想・ファンレターなどお待ちしております。〒111-0036 東京都台東区松が谷1-4-6-303 株式会社シーラボ「ラルーナ文庫編集部」気付でお送りください。

異世界《いせかい》で騎士団長《きしだんちょう》に見初《みそ》められ聖獣《せいじゅう》乗《の》りになりました

2020年1月7日 第1刷発行

著　　者｜一文字《いちもんじ》 鈴《りん》
装丁・DTP｜萩原 七唱
発 行 人｜曺 仁警
発 行 所｜株式会社 シーラボ
〒111-0036 東京都台東区松が谷 1-4-6-303
電話 03-5830-3474／FAX 03-5830-3574
http://lalunabunko.com
発 売 元｜株式会社 三交社（共同出版社・流通責任出版社）
〒110-0016 東京都台東区台東 4-20-9 大仙柴田ビル 2 階
電話 03-5826-4424／FAX 03-5826-4425
印刷・製本｜中央精版印刷株式会社

ISBN978-4-8155-3228-4